陰差實習生

貓邏——著

HELL INTERN

目錄

角色簡介

姓名：林邵陽（男）
年紀：22歲
身高：185公分
性格：開朗、樂天、有衝勁。
外型：黑髮黑眼，茶色肌膚，頭髮有些微的自然捲，運動男孩的風格。
簡介：

直覺超強的運動系青年。
在父母親過世後，他在隔壁鄰居、竹馬哥哥「元勳」的監護和教導中長大。本以為，他的人生會像其他人一樣，簡簡單單、普普通通的度過，但是發生在二十二歲的死劫讓他踏進地府，成為了活陰差。

姓名：元勳（男）
年紀：27歲
身高：180公分
性格：錙銖必較，交際手腕好，聰明、冷靜，看似溫和好親近，其實他對於不感興趣的事物有著事不關己的漠然。
外型：棕髮、蜜糖色眼睛，配戴細框眼鏡，斯文俊秀，職場精英風格。
簡介：

元勳跟林邵陽是鄰居，也是從小玩到大的竹馬竹馬。

雖然兩人相差五歲，但是兩人很合得來，感情比親兄弟還要親近。在林邵陽的雙親死後，元勳還充當監護人，既做家長又做兄長地開導他，照顧他。

因為家族傳承的關係，元家人大多有靈媒體值，每隔幾代就會出現一位陰差。

原本只是兼職當陰差的元勳，因為林邵陽的關係，轉職成為正式的陽世陰差。

姓名：錢蒼（男）

身分：七組組長

年紀：實際年紀不明，外表年紀35歲左右

身高：177公分

性格：溫和、好相處，做事有自己的一套準則。在一些重要的事情上總是會嘮嘮叨叨的反覆提醒。

外型：下巴蓄著短鬚，及肩的頭髮隨意地紮成小馬尾，雅痞風格的造型。

簡介：

地府陰差，跟石青是老搭檔。

姓名：石青（男）

年紀：實際年紀不明，外表年紀接近40歲

身高：183公分

性格：沉默寡言，木訥溫和，行動時幹練俐落。

外型：俐落短髮，上身是米色短袖襯衫，下身是活動方便、多口袋的深灰色工裝長褲，再搭配一雙深藍色運動鞋，衣著全以舒適和便於活動為主。這樣的裝扮配上一頭俐落的短髮，整體看起來很有粗獷、率性的風格。

簡介：

地府陰差，石青的老搭檔。

第一章　陽世實習陰差

01

林邵陽滿眼茫然地立足在一片白霧之中，他的兩側和後方都是一片黑暗，前方有著濃濃地白色霧氣，霧氣中隱約可以見到一座建築物的模樣。

他不知道自己是怎麼來到這裡的，他記得他好像……

好像什麼？

他想不起來了。

他又回頭看了一眼後方的漆黑，決定朝白霧的方向走去。

至少，白霧看起來比較明亮，像是發著螢光，比較令人安心。

林邵陽不知道，此時的他看起來相當悽慘，腦袋上破了個洞，鮮血流淌，衣服也是像是在地上滾過一樣，髒亂又狼狽。

靠近白霧中的建築物時，他開始聽到一些細微地談話聲和吆喝聲，有聲音就代表有人，這讓他安心不少。

在這種詭異的地方，有人總是比較好的，至少他還能問問路。

不一會兒，他來到建築物前。

建築物是一座巨大的城池，高聳入天，城牆往兩側筆直地延伸而去，看不見盡頭，城牆是由大石頭砌成，縫隙處糊了深色的泥，看起來厚重樸實，頗有歷史感。

城門口上鑿刻著兩個字，字體剛勁有力。

那字，林邵陽不認識，像是某種古代文字，但是他卻在看見那兩個字時，知道了它的意思。

「豐都……」

林邵陽茫茫然地念道。

這名稱入了他的眼，卻沒過他的腦子，沒能引起他的任何反應。

他現在的腦袋一片空白，無法思考。

他不知道自己是怎麼來到這裡的，也不知道為何而來，更不知道要去哪裡。

走吧！進去看看！

這樣的想法在他腦中浮現，像是在催促著他。

他邁開腳步，目光呆滯地走了進去。

「臭小子！你亂跑什麼！」

一聲暴喝從他身後傳來，緊接著一巴掌拍在他的天靈蓋上。

說也奇怪，這巴掌拍下以後，林邵陽反而覺得神智清明了些，停滯的思維開始轉動起來。

迷茫的視線對上一雙冒著怒火的茶色眼瞳，林邵陽覺得這雙眼睛好熟悉。

沒等他回想起對方的身分，腦袋又接連挨了幾巴掌。

「跟你說不要亂跑！不要亂跑！不要亂跑！」

「伯父還特地託夢給你，跟你說月底會有嚴重的車關，叫你要注意！你都沒在聽！沒在聽！沒在聽！」

巴掌聲隨著吼罵一次次落下，像是把他的腦袋當成鼓來打。

「啪！」
「三次！你爸爸一共託夢了三次！三次！」
「啪！」
「你知道託夢一次要多少錢嗎？伯父的錢不夠，還是我花了半年的薪水補上的，結果你完全沒記住！氣死我了！」
「啪！啪！啪！」
「元、元勳哥！別打了！再打就要變笨了……」
回過神來的林邵陽，反射性地拔腿就跑，卻被身後的青年一把抓住衣領，像是拎小雞一樣地拎了回來。
「笨？你還怕變笨？你早就蠢死了！」
打人的元勳雖然看起來打得凶狠，但是他每打一下，手上就有一道白光融入林邵陽體內，讓他略顯通透單薄的「靈體」越發凝實，額頭上的傷口也漸漸消失，可見這頓打也不只是為了教訓他，還是對林邵陽有好處的。
等到元勳氣呼呼地停下手時，林邵陽摀著脹痛的腦袋縮到一旁，模樣可憐。
元勳冷哼一聲，完全不心疼這個蠢貨！
「哥，我……我死了嗎？」林邵陽可憐巴巴的問。
他現在已經想起來，他之前出了車禍，被一輛闖紅燈的轎車撞飛。
「是啊！你死了！蠢死的！」
一想起林邵陽的遭遇，元勳又想揍人了。

「我有聽話啊，我出門都很小心，是那輛車闖紅燈，又不是我的錯！」

林邵陽覺得自己很冤枉，他又不是沒有將爸爸託夢的提醒放在心上，他有小心了啊！可是他小心沒有用啊！別人不遵守交通規則闖紅燈，他能有什麼辦法？他也是受害者啊！

「你放心！這筆帳我記著！那個人別想逃過！」元勳咬牙切齒的說道，恨不得將那位肇事者生吞活剝了！

要不是他留了後手，林邵陽就枉死了！

「勳哥，這裡就是陰曹地府啊？看起來挺熱鬧的……」

林邵陽像個觀光客一樣地張望，眼底透著好奇。

「勳哥，人死了以後不是會被牛頭馬面帶去閻王殿報到嗎？怎麼我是自己走來的？」

「誰知道你是怎麼回事？胡亂飄！」

元勳可是特地請假，跑去林邵陽的學校查看他是不是渡過了死劫，結果他剛抵達現場，就看見他被撞飛出去，靈魂飄走的畫面。

心急之下，他連忙追了過來，並在城門處攔住了這個蠢貨！

要是讓他飄進城裡，肯定會被陰差帶去戶政處報到，一旦登記蓋章了，想要讓人「復活」就困難了！

「勳哥，現在我要去報到嗎？」

「報什麼到？你還沒涼透呢！報什麼到！」

元勳生氣的又打了他幾下，把林邵陽揍得唉唉叫。

「哥、哥！我都被車撞了，你就算不問我的傷勢，也要對我好一點啊！你這樣一點都沒有兄弟情……」

「呵呵，我的兄弟情都被你吃了！」

元動又打了蠢弟弟幾下，要不是身上傳來手機的訊息提醒聲，他可能會繼續打下去。

「嘖！顧著揍你，都忘記還有更重要的事情要做……」

「動哥，你去忙吧！我保證我會乖乖的在這裡等你。」林邵陽乖巧地做出發誓狀。

元動甩他一記白眼，直接拖著蠢孩子飛走。

林邵陽只覺得一道拉力襲來，眼前一花，等到他的視覺恢復時，他跟元動已經站在一間建築物裡面。

他們站在一處櫃台前，櫃台裡頭坐著一位面容方正，穿著白襯衫、繫著深色領帶的中年人。

——相當常見的上班族的裝扮。

「徐哥，我帶我家蠢弟弟過來了。」元動回手又拍了林邵陽的腦袋，「小陽，還不快喊人！」

「徐哥好。」林邵陽禮貌地打招呼。

「好、好，小伙子長得不錯，很有精神啊！」

徐哥看了看手上的資料，又看了看眼前的年輕人，笑嘻嘻的點頭。

「是啊，這小子以前是籃球隊的，大學也是考進體育系，體力很好，很愛運動，學過跆拳道，放假還會去登山……」

元動像是在推銷似地誇著林邵陽，把他誇的臉色微紅。

「很好、很好。」徐哥微笑著點頭，並遞出一份文件，「來，看看這份合約，要是沒有問題，就簽字按印吧！」

元勳接過文件後，直接把一支筆塞到林邵陽手上。

「來，簽名吧！」

「……」林邵陽無語了。

連文件內容都沒看就要他簽名？

要不是這個叫他簽名的是他哥，他還以為自己來到什麼傳銷、詐騙公司呢！

02

林邵陽低頭看了文件內容，發現這是一份聘僱合約。

「……陽世陰差？所以我還是死了？」林邵陽眨眨眼，看著元勳。

「還沒涼透，簽了就活了。」元勳推了推鼻樑上的細框眼鏡，慢條斯理地回道。

「啊？」

「看見前面兩個字沒？『陽世』陰差，陽世！」元勳的指尖戳著那兩個字，「陽世就是人世，就是活人的意思，活人陰差……」

經由元勳的解釋，林邵陽這才知道，陰差分為兩種，一種是由死人擔任的，又名「陰間陰差」；一種是由活人擔任，稱為「陽世陰差」。

陽世陰差白天照常生活，有案子時則是「離魂」跟著陰差搭檔去工作，解決一些陰間陰差基於各種情況無法完成的事情，也彌補了陰差數量不足的問題。

這種方式又被稱為「走陰差」。

「陰差數量不夠？陰間不是有很多人嗎？怎麼還會……」

「你以為隨便一個人都能當陰差？」元勳嗤之以鼻，「陰差就像是陽世的警察，要經過重重審核，不是誰都能擔任的！一般都是本身需有功德在身，或是本身靈覺強、命格特殊，或是家裡是從事靈媒、道士、乩童這一類……」

林邵陽能夠成為陰差，藉此保住性命，也是元勳的功勞。

元勳算是半個陰差，屬於外聘人員的那種。

協助地府辦案多年，累積了不少功德，看在元勳的面子上，地府才給了林邵陽一個機會。也算是開後門了。

不過要是林邵陽本身沒有陰差的資質，也就是俗稱的「靈媒體質」，這個後門也開不了。

就這一點來說，他也算是幸運了。

林邵陽現在已經離了魂，又在豐都這裡染了陰氣，如果沒能成為陰差，他的下場不是死亡就是成為病秧子，自此以後疾病不斷，還會被邪祟纏身，變成魑魅魍魎眼中的滋補物和寄生宿體，堪比現代的唐僧肉。

知道後果的嚴重性後，林邵陽立刻簽下合約，就連合約上寫著「成為正式職員後，需要工作五十年」的超長工作期限也沒有絲毫抱怨。

——說不定合約期限等於他的壽命？

如果是這樣，當然是要工作期限長一點比較好哇！

經過簽名、蓋手印的步驟後，林邵陽恭敬地將文件遞回給徐哥，臉上帶著討好的笑容。

徐哥拿出一枚嬰兒拳頭大小的方印往上一蓋，一道金光閃過，合約上出現朱紅色的印記。

契成！

「恭喜，現在你已經成為實習陰差了，我們會有為期一個月的職前訓練，晚上九點半開始，記得在晚上九點前把所有事情處理完，上床睡覺……」

「睡著以後就會自己跑到教室上課嗎？」林邵陽很好奇。

「對。」

「請問是什麼時候開始上課呢？我需要帶什麼東西嗎？」林邵陽不安地問道。

「上課時間還沒確定，等確定了會通知你。」

徐哥收起文件，將一枚兩指長寬的令牌，以及一張像是身分證的卡片遞給他。

「這是你的通行令牌和陰差實習證，這兩個東西要隨身攜帶，沒有這兩樣，你就沒辦法過來上課。」

令牌用紅線繫著，可以當成項鍊配戴，陰差實習證在林邵陽拿到手上時，就化成紅色印記融入他的掌心，完全不用擔心丟失不見。

「職前訓練期間沒有工資，薪水要等你通過結業考核後，正式上工才會發放。」徐哥提醒道。

「還有工資啊？」林邵陽訝異了。

剛才他只是匆匆地掃了一眼，但是因為合約條款只有短短幾條，他很確定上面並沒有提到工資。

「請問工資是給現金還是……冥紙？」

「陽世人當然用的是陽世的現金。」徐哥笑著回道：「對了，你回家後，記得將你的陽世身分證和銀行存摺影印一份，在空白的地方填上你的名字和陰差實習證編號，並寫上『豐都陰差會計部收』，然後將紙張燒化，這樣我們才能匯薪資給你……」

「好。」林邵陽乖乖的點頭。

完成手續後，林邵陽跟著元勳走出建築物。

「欸嘿嘿嘿……我也是陰差了。」林邵陽拿著陰差實習證，喜孜孜地說道。

「通過考核才算是實習陰差。」元勳潑了他一桶冷水，「如果你的職前考核沒有通過，這張證就會被收回去，你就死定了！」

元勳所說的「死定了」可不是恐嚇，而是在陳述事實。

林邵陽現在之所以還有一口生氣，都是靠著元勳事先為他安排的陽世陰差的身分吊著，如果這個身分被撤銷，那林邵陽就真的涼了。

「……我會努力。」林邵陽咽了咽口水，又有些遲疑的問：「哥，上課會很難嗎？你也知道，我的成績不太好……」

如同大多數喜歡運動的運動員一樣，讓他進行各種艱苦的訓練，他甘之如飴，多辛苦都會咬牙撐下去，可是換成讓他乖乖的坐在課堂上，對著那厚重的書本唸書，他就只想打瞌睡。

「陰差的課跟上學不一樣，學得都是抓鬼除妖、鎮邪驅鬼的方法，你要是文科不行，就要抓緊實戰課的機會，最好能拿到實戰課的前三名……」

元勳神情嚴肅的叮囑，說著能讓林邵陽通關的訣竅。

「現在的人大多不愛運動，也怕危險，申請文職陰差的人數很多，戰鬥職業比較少，你跟人拼腦子拼不過，那就拼你最擅長的體力，我記得你以前學過跆拳道，回陽世以後，你再多練練，這也算是一個加分項……」

「好。」

「不過文科成績也不能太差，至少要拿到及格分。」

「……我會努力。」

林邵陽的運動天賦優秀，大學也是挑了運動競技系，在運動方面他有絕對的自信。

……但是文科考試他真的沒信心。

「你要是不努力，就準備等死吧！」元動恨鐵不成鋼地拍了拍他的腦袋。

「哥，我還要唸書，不要把我拍笨了！要是考試沒考好怎麼辦？」林紹陽氣鼓鼓的抗議。

「你本來就笨！」元動嘴上這麼說，手上的動作卻停了。

「哥，我該怎麼回去啊？」林邵陽問道。

「我現在不就是要帶你回去嗎？」元動沒好氣地回道。

「喔。」林邵陽應了一聲，又後知後覺的問道：「哥，你也是陰差啊？你也死了嗎？」

說著，他的眼眶瞬間泛紅，一副要哭出來的模樣。

「哥，你是怎麼死的？為什麼我都沒聽說？我好歹是你弟弟啊！為什麼不通知我？」

他和元動雖然不是親兄弟，可是林邵陽也算是被元動帶大的，兩人的感情比親兄弟還親！

「你才死了！」元動沒好氣的拍了他一巴掌，「我算是家族傳承，家裡有靈媒體質，每隔幾代就會出現一個陽世陰差，活的！兼職的！」

「這麼厲害？」

林邵陽之前只知道元動的父親早逝，母親獨力將元動養大，在元動念高中時，她的母親改嫁，元動本來跟著母親搬去繼父家中同住，後來不知道發生什麼事，幾個月後他又搬了回來，一個人住在他父親留給他的房子。

而他的母親再也沒有出現過。

林邵陽跟元勳是鄰居，他的父母看元勳一個孩子生活不易，便對他諸多關照，元勳也會輔佐年幼的林邵陽功課回報。

後來林邵陽的父母出意外死去了，已經成年的元勳便反過來照顧當時只有十五歲的他。

林邵陽對元勳的工作並不了解，只知道他要經常出差，工作時間也不固定，等到林邵陽上大學後，兩人因為作息時間的問題，經常一個月見不到一次面，但是林邵陽還是會經常傳訊息和打電話給他，跟元勳保持聯繫。

「你成為陽世陰差這件事，絕對不能往外炫耀，嘴巴閉緊一點，不要給自己惹麻煩，知道嗎？」元勳表情嚴肅的叮囑。

「我知道啦！」林邵陽乖乖地點頭應允，又嘀咕道：「就算說出去，也沒幾個人會相信啊……」

要不是他親身經歷，他也不會相信還有陽世陰差這樣的職業！

03

回魂後，林邵陽是在車禍住院的第五天醒來的。

這五天裡，他睡睡醒醒，意識並不清楚，每天的清醒時間不到兩小時，唯有檢查的儀器顯示他的腦部受損狀態飛快好轉，堪稱醫學界的奇蹟。

他醒來後，醫生隨即為他做了全身檢查，確定他的身體狀態已經穩定了，便將他挪出了加護病房，轉進單人間的普通病房。

根據護士的轉述，他被撞飛後是腦袋先著地，即使有安全帽保護著，大腦依舊受創嚴重，身體其他部位只是皮肉傷。

急救途中，他一度出現生命垂危的情況，醫生原以為救不下來了，生命跡象卻在手術中途變得穩定，讓醫護人員搶救成功！

等到林邵陽甦醒後，一些腦部受創的後遺症都沒有出現，傷勢恢復的速度極快，醫護人員都覺得相當不可思議，只有林邵陽知道，那是元勳給他吃了一顆黑乎乎的藥丸子，才會讓他好的這麼快。

在他醒來的十天，車禍肇事者在家人和保險公司人員的陪伴下過來道歉。

他們過來時，病房裡只有林邵陽一人，元勳去為他買午餐了，肇事者在看清病房情況後，以為他沒有家人撐腰，客氣態度大轉變，看著林邵陽的表情相當輕蔑。

肇事者家人和保險公司的人態度倒是不錯，並沒有因為林邵陽勢單力薄而輕慢他，一應禮節面面俱到，姿態放的相當低，相當客氣禮貌。

肇事者本身已經三十多歲，但他表現出來的模樣卻像是個不懂事的孩子，他父母看起來有六十幾歲，頭髮花白、面容憔悴，看他們熟門熟路道歉賠罪的模樣，似乎沒少替肇事者收拾善後。

林邵陽原本不想跟對方和解，想送他去坐牢，但是想到法律在這方面的判刑也不嚴重，兩相權宜下，他就決定拿錢了。

如果他沒被撞傷，他現在應該是拿著大學畢業證書開始找工作的時間，但是現在受傷了，他沒辦法工作，家裡雖然有微薄的積蓄，但那是爸媽留下的遺產，他不想動用。

能從肇事者這裡獲得一筆錢，度過眼前的難關是最好的。

當他同意和解時，肇事者露出「看吧！他就是想要錢」的表情，讓人看了心頭暗恨。

「這就是你們道歉的態度？」

病房門被打開，氣場強大的元勳出現在門口，眼鏡背後的茶色眼眸轉為幽深，透著足以凍死人的寒意。

元勳抬手推了推鼻樑上的細框眼鏡，勾起一抹假笑。

「要不這樣吧！我們也不要賠償了，我也來撞你一次，不管你死不死，這一切一筆勾銷，你覺得怎麼樣？」

元勳邁步走了進來，步伐不急不徐，自帶一股大佬出場的氣勢，明明手上沒拿武器，卻讓人覺得脖頸發涼。

「你、你是誰啊？」

肇事者縮了縮脖子，挪動身軀，躲到家人身後。

「我是小陽的哥哥。」

元勳說出他的身分定位，卻沒告訴對方自己的名字。

他走到病床邊，抬手替林邵陽梳理凌亂的頭髮，等整理好了，他才又轉頭看向肇事者。

「這場談判破裂，我們不和解。」元勳看著肇事者一家，語氣溫和的說道：「你們放心，我也不會去告你，因為法律的懲罰太輕了，不夠痛快……」

相貌俊美的他，卻笑得像是個斯文敗類，讓人不寒而慄。

「你、你想做什麼？我可警告你啊，現在是法制社會！」肇事者嚇得冷汗直冒。
「林先生，這件事情是我們的錯，我們剛才也跟他道歉了……」
「孩子還小，您大人有大量……」
肇事者的父母開口為自家孩子求情。
「三十八歲的『孩子』？呵，可真『年輕』。」元勳嘲諷地笑了，「我家小陽才二十二歲，他還是個『寶寶』呢！」
「……」林邵陽滿頭黑線的看著元勳，實在無法理解他是怎麼把「寶寶」兩個字說得這麼理所當然。
最後，肇事者一家子自然是被元勳趕走了。
「我不讓你跟他們和解，不讓你拿他們的錢，你會生氣嗎？」元勳一邊削著蘋果、一邊隨口問道。
「不會。」林邵陽搖頭，「勳哥這麼做一定是有原因的。」
「嗯。」元勳滿意的點頭，這才解釋自己的用意，「你要是跟他們拿了和解金，這筆因果就算結清了，沒辦法報仇……」
「那他會得現世報嗎？」林邵陽問道。
如果不是現世報，而是等到死後才進行審判，那還不如先拿錢呢！
「放心。」元勳將削好皮的蘋果遞給他，「哥不會讓他好過的。」
林邵陽得到元勳的承諾，也不再追問。
事後，林邵陽才聽說，那個肇事者離開醫院後，就開始一連串的倒楣。

走路平地摔、喝水嗆到、吃飯噎到、洗澡滑倒；睡覺睡到一半床塌了；坐電梯時電梯壞了，困在電梯裡一、兩個小時；買東西付帳時發現錢包被偷……

除了這些日常的小事件之外，當他再度酒駕時，先是違規撞上了一輛名牌跑車，而後車子暴衝，又撞了停在路邊的警車，肇事者的車子全毀，頭破血流，手和腳都撞斷了，在醫院裡躺了一段時間後，被依照公共危險罪移送法辦。

這次的事件加上林邵陽之前沒有和解的案件，兩罪並罰，他需要在牢裡待上很長一段時間才能出來。

04

林邵陽和元勳的住處是一棟老式公寓，一層樓有兩戶人家，每間套房都有五十坪左右，空間算是相當寬敞。

元勳住在林邵陽的對面，為了教導林邵陽陰差的相關知識，他簡單地收拾了幾套換洗衣物，搬進林邵陽家裡住下。

林邵陽家裡的客房早就成為元勳的專屬房間，家裡還備有一套他專用的生活用品，所以這樣的「搬家」對他來說，不過就是換間房間住著而已。

林邵陽住院了一段時間，家裡卻依舊乾淨整潔，一看就知道是元勳來幫他清掃過了。

「哥，你幫我打掃了啊？謝謝。」

「謝什麼？你以前不也經常幫我清掃家裡嗎？」元勳不以為意地擺擺手。

在林邵陽父母親死後，元勳為了照顧他，硬是拉著他到自家住著，還包辦他的三餐、衣物跟學雜費用，林邵陽為了回報，就每天幫忙打掃家裡和煮飯。

一開始他連個荷包蛋都煎不好，蛋被他煎得黑黑糊糊的，元勳也沒嫌棄，把焦黑的部位去掉，吃著剩下的完好部位。

後來林邵陽看著網路的烹飪教學學習，本身廚藝不錯的元勳也會從旁指點一二，教一些做菜的小訣竅，一段時間下來，他也能做出一些簡單的家常菜了。

不過因為上班、上課的關係，兩人也只有假日才會開火煮飯，其餘時間還是吃外食居多。

「你身上都是藥水味，先去洗澡。」元勳催促道：「晚上吃過飯後我再跟你說陽世陰差的事情。」

「好。」

林邵陽也覺得身上的藥水味不好聞，拿了換洗衣物就去了浴室。

等他洗了個舒服的熱水澡後，客廳桌上也擺上了晚餐。

乾淨的桌面上放著一鍋冒著熱氣的豬腳麵線跟兩副碗筷。

「來，吃一碗豬腳麵線，去去霉氣。」元勳為他盛了一大碗，「豬腳是我早上滷的，滷一天了，很入味。」

豬腳麵線是元勳的拿手菜，只是這道菜做起來費時又麻煩，他只有在生日、過年和慶祝某些事情的時候才會親自下廚，其餘時間想吃都是直接去外面買。

吃飽喝足後，元勳沒有立刻開始教學，而是開了電視，隨便選了個熱門綜藝觀看，並有一搭沒一搭的跟林邵陽閒話家常。

跟他們以往的相處一樣。

這種平淡的氣氛讓林邵陽的心頭一暖，緊繃的情緒逐漸舒緩。

也是在情緒放鬆後，他才發現，原來自己的情緒一直是緊繃著的。

從小到大，他的直覺一直都很敏銳，但是對於自己的情緒有時候又顯得相當遲鈍。

例如他父母親的死亡。

當初接到通知時，他麻木又茫然地去醫院，平靜地跟警察確認父母親的遺體，並在元動的陪同下，完成葬禮的後續流程。

整個過程中，他連一滴眼淚也沒流下。

心底空蕩蕩的，沒有悲傷，沒有痛楚，沒有不甘和遺憾。

他的思緒是清晰的，但是情感是空白的，像是跟這個世界隔了一層，所有情緒都與他無關。

他就這樣「看起來很平靜」的繼續生活，直到一個月後的某天，元動做了一碗豬腳麵線給他，他一邊吃著麵線、一邊莫名的流淚。

而後，他哭得撕心裂肺，哭得委屈萬分，像是將過去沒能釋出的悲傷一口氣吐出。

之後的一個星期，他陷入了失去家人的傷痛之中，後來還是在元動的陪伴中平復情緒、回歸正常生活的。

「陽世陰差並不是現在才有，古時也有，叫做『走陰差』……」

元動見他放鬆心情了，這才緩緩開口。

「陽世陰差的主要工作是協助和輔佐陰間陰差處理他們不方便干涉的案件，也因為這樣，我們跟警察在私底下也有合作……」

「陰差分成文職跟武職，武職職業就跟警察差不多，都是跑在最前線，面對的危險也多，當然，升職加薪也比文職來的快……」

頓了頓，元勳略有些苦惱的揉揉眉心。

「武職太辛苦了，我不想讓你走武職的路，但是你的功課實在……」

想到林邵陽的成績，元勳只能嘆氣。

林邵陽是標準的運動神經發達、頭腦簡單的那種人，運動方面的東西一點就通，遇上功課就一頭霧水，怎麼學都學不好，要不是他的直覺好，選擇題大多能選對，他的考試成績還真拿不到及格分！

「如果你不能成為正職的實習生，你就不能以陽世陰差的身分延壽，你這條小命就沒了，所以我們也沒得挑，只能從你最有把握的武職去努力……」

如果走武職的路線，他的筆試成績只需要及格就行了。

「你的身體還沒完全康復，我先幫你安排一些簡單的體能訓練，先練練基礎體能，等你的身體好全了，我再教你實戰方面的技術……」

「好，我會努力的！」林邵陽信誓旦旦地說道。

上課通知是在林邵陽出院半個月後收到的，收到通知的當天晚上就要開始上課，完全不給人心理準備的時間。

不過林邵陽也不需要準備，他早就盼著這一天的到來了！

「晚上記得早點睡，不要玩遊戲、也不要看電視了。」元勳叮囑道。

「知道了。」

林邵陽乖乖答應。

晚上，他早早就將自己收拾妥當，九點多就躺到床上「預備」上課。

因為不知道他會以什麼模樣跑去豐都上課，為了不出醜，他是穿著外出服和鞋子，抱著背包躺上床的。

背包裡頭放著一本全新的記事本和一個筆袋，通行令牌跟陰差實習證因為被叮囑要「隨身攜帶」，他不敢放在背包裡面，而是放在牛仔褲的口袋裡，貼身帶著。

用這麼一身不舒服的裝扮躺在床上，林邵陽也不在意，他現在的全副心神都在手機顯示的時間上。

看著手機上的時間一秒一秒的跳動，他的思緒也逐漸燥動起來。

他現在的心情真是不好形容，有興奮、好奇和忐忑，以及對未來的些許擔憂。

整體而言，正面情緒還是大於負面的。

關了燈的房間漆黑一片，唯二的光源來自他手上的手機，以及門縫外頭透進來的亮光。

他知道，現在元勳哥正坐在外面的客廳，等著他的上課時間到來。

想到這一點，林邵陽的忐忑不安和緊張就減輕不少。

05

客廳的電視開著，聲音被調成靜音。

元勳拿著手機，往陰差的聊天群裡輸入文字，詢問實習生的上課注意事項。

他去過地府幾回，但是沒在那邊上過課，他的知識有一部分是從祖上流傳下來的書籍自學的，另一部分是在工作崗位中，從前輩和同事那裡學到的。

雖然所有陰差都說，只要時間到了，林邵陽就會被拉去陰間上課，可是沒親眼看到，他還是會擔心。

要是發生什麼意外沒把人拉過去呢？

要是需要睡著了才能過去呢？

要是……

【乙五七組哈啦群】

錢蒼：現在才知道，大勳是這種婆媽的性格，真是意外。〔震驚〕

大勳：彼此彼此。跟錢大媽比起來，我還不夠嘮叨。〔微笑〕

店小二：哈哈哈哈哈……

石青：大勳說話太直接了，要婉轉一點，不要傷了錢媽的心。

錢蒼：……你們就合起來欺負我吧！小心我扣你們薪水！〔怒〕

店小二：錢組長最帥！錢組長最好了！愛你！

錢蒼：拍馬屁沒用！︹挖鼻︺

石青：之前大動總擔心自己的身分會給小陽帶來麻煩，現在他也成為陰差了，你可以放心了吧！

大動：怎麼能放心？陰差的工作更加危險。︹嘆氣︺

錢蒼：你這家長當的也太……什麼都要擔心、什麼都要管。

大動：畢竟是我家小孩。

錢蒼：明明還不到三十歲，風華正茂的年紀，怎麼把自己活成了一個老頭子？

大動：我這是成熟穩重。

元動比林邵陽大五歲，照理說，年紀相差這麼多，兩個孩子應該玩不到一塊才對，可是元動從小就喜歡找隔壁家的小陽玩。

他覺得小陽很懂事、很聽話、很可愛，很符合他心中對弟弟的想像。

兩人就這麼從小玩到大，即使因為各自的生活圈不同，無法經常見面，他們也會傳簡訊給對方，跟對方分享自己的喜怒哀樂。

後來元動從母親的新家庭離開，回家獨自生活時，林邵陽也經常打著跟他玩遊戲的名號，來家裡陪他。

再然後，小陽的父母意外去世，那時候已經踏入陰差這行業的元動，跟小陽的父母靈魂溝通，接受了他們的委託，成為小陽的監護人，像兄長一樣的照顧他。

可以說，在他們過往二十幾年的時光中，他們就像親兄弟一樣的陪伴著彼此。

石青：放心吧！你家孩子在簽約時就已經跟地府綁定，上課不會出問題的。
店小二：大動，上課的資料我弄到一份，傳給你。
大動：謝謝。〔微笑〕
錢蒼：你家小孩是文職還是武職？以後打算讓他去哪個部門？
大動：武職，他的直覺感應跟運動神經很好。
大動：我打算讓他來我們小組。
錢蒼：你確定？我們這裡雖然不是負責最危險的任務，但是每年的傷亡率也不低。
大動：去別的地方，我不放心。
店小二：嘖嘖！家長的掌控欲啊……〔愛心〕
石青：大動想轉正職嗎？
大動：對，我明天會提出申請。
店小二：呦！之前組長一直邀請你，你都只願意當兼職人員，現在竟然主動說要轉正職了，真是感天動地的兄弟情！〔愛心〕
大動：〔微笑〕
錢蒼：這樣的話我去跟白姐說說，我們小組也該進新人了。
大動：謝謝錢哥。

實習生通過考試後，需要選擇想要被分發的單位，但是並不是你選了對方部門就一定會要你，部門自己會有各種考量。

現在錢蒼說要跟隊長提這件事，那就表示，只要林邵陽的成績能夠合格，他們部門就會把人收下。

這也算是走後門了。

就在這時，元勳的手機突然傳出振動。

「滴滴滴滴……」

他定的鬧鐘響了，九點半到了！

元勳條件反射地起身，朝林邵陽的房間走了兩步，而後又遲疑的停頓下來。

他擔心自己要是現在衝進林邵陽的房間，會打擾到對方的「傳送」，考慮再三，他又在外面多等了兩分鐘，這才輕手輕腳地走進林邵陽的房間。

林邵陽全副武裝地躺在床上，模樣看起來像是睡著了。

元勳不敢叫他，怕把人吵醒了，或者是把魂給喊回來了。

他取下眼鏡，開啟天眼查看林邵陽的身軀。

林邵陽的靈魂並不在體內，床上只有一具空殼，但是他的胸口連接著一條發光的生命線，這表示他只是靈魂出竅，並不是死去。

元勳鬆了口氣，緩緩地退出房間。

第二章 實戰第一！

01

豐都，實習陰差教室。

林邵陽茫然又好奇地環顧四周，他之前只覺得腦袋一陣昏沉，眼前一花，人就出現在這間教室裡頭了。

這種「上課」的效率可真是厲害！

完全不用擔心學生逃課啊！

教室裡頭除了他之外，還有三十幾個人，有男有女、有老有少，年紀最大的大概是五十幾歲，最小的一個看起來像高中生。

同學們臉上的表情跟林邵陽差不多，帶著好奇、興奮和忐忑，有些人已經開始跟其他同學攀談，建立人脈，有些人則是安靜地找了個位置坐下，不跟其他人交際。

林邵陽打量完同學，他又檢查了自身的「裝備」，除了穿在身上的衣服以外，背包並沒有被帶過來，這讓他有些擔心，害怕等一下上課做不了筆記，回家沒辦法複習，也不能讓小妹再教他一次。

林邵陽撓撓頭，挑了個最後面的座位坐下。

他的身高有一米八八，在班上都是坐在最後一排的，這也成了他的習慣。

教室裡頭的桌椅都是一人一套，並不需要跟人同坐，中間的走道相當寬敞，完全不用擔心會不小心碰撞到隔壁的人。

教室前方的黑板上寫著一行字：甲一班，學員人數五十人。

在林邵陽坐下不久後，老師來了。

「大家好，我是你們的老師，我姓鄭，在開始上課之前，我要先說明幾件事……」

帶著黑框眼鏡、面容剛毅的中年男子站在講台上，面對著一干實習生侃侃而談。

「第一、我們的上課時間是一個月，一個月後會進行考試，考試過關的就成為實習陰差，考試沒過的就回來繼續上課，你們一共有三次的考試機會，要是三次都沒有通過，那很抱歉，你們的陰差實習資格會被取消……」

「第二、成為實習陰差以後，會根據你們考試的成績和個人意願被分派到不同的崗位，職位大致可以分為文職和武職，文職就是處理文書工作，坐辦公室，當後勤的，出差機會少，但也不是沒有，武職就像警察，需要經常在外奔波，兩者的待遇也不一樣……」

「相對來說，武職因為要直面鬼怪邪物，還要負責夜間巡邏，危險程度高，所以薪資和各項福利都會比文職好。」

「第三、我們招聘的職位是有限的，不要以為文職好就一群人都跑去申請文職，要是應徵的職位滿了，沒應徵上的人就是『落榜』，落榜的人會遇到兩種情況，一種是被調到武職或其他單位去，另一種就是重考，如果兩種你都不接受，那就取消陰差實習資格，你會死。」

這話一出，全場嘩然。

「對，沒錯，就是死。」鄭老師面容平靜的點頭，「這就跟你們去考公務員的考試一樣，成績合格只是第一個條件，能不能被錄取還是要看名額有多少，你的名次又落在哪裡，如果人家只要一個人，而你考了第二名，就算你贏過成千上萬的人，一樣還是失敗。」

「你們之所以會來這裡上課，是因為你們已經死了，因為各種原因，我們給了你們一個『延壽』的機會，但是這並不代表你們通過考試就一定能過關，要是名額滿了，那很抱歉……」

聽說有名額限制後，在場眾人都緊張起來。

「請問老師，名額大概有幾個啊？」

「每次招人的名額都不相同，這次的名額數量還沒定下來。」鄭老師回道：「不過按照以往的情況，文職大概會缺四、五十個，武職應該會招攬兩千人……」

武職的死傷太大，上頭打算多招攬一些人，也好減輕武職部門的負擔。

「老師，來上課的只有我們嗎？還是還有其他班級？」

「當然不只你們，跟你們同一屆的實習鬼差大概有五萬多人……」

五萬多人競爭兩千多個名額，這競爭力度雖然不算太大，但是要是失敗了，那可就是死啊！

一想到競爭失敗的後果，好不容易撿回一條命的眾人，連忙打起精神，全身緊繃地準備上課。

鄭老師很滿意目前的效果，不過他也知道不能逼迫的太緊，免得適得其反。

「你們也不用太擔心，考試合格卻沒有被錄取的人並不是立刻死去，我們會按照你們的考試成績，發放幾個月到十幾年不等的壽命給你們，作為你們努力學習的獎勵。」

有人注意到，老師說的是「考試合格」的人，卻沒提到不合格的人。

「老師，要是考試不及格呢？」

「不合格的人，一律給三天時間安排後事。」

「只有三天嗎？能不能多給點時間？」

一些在社會上打滾歷練過的人，立刻想為自己多爭取些好處。

鄭老師笑了笑，「現在科技那麼發達，三天足夠你們解決所有事情了，更何況，考試有沒有考好，你們自己清楚，知道自己考不好的人，考完以後就可以準備葬禮了，根本不需要等到放榜，那樣的話，你們可以準備的時間又多出幾天……」

「可是……」

學生還想辯解，但鄭老師卻不想聽了。

「規矩就是規矩，能讓你們多活一段時間就已經很不錯了，別太貪婪。」鄭老師臉色一板，嚴厲地說道。

他這麼一變臉，立刻就讓所有人噤聲，他們的小命還掌控在老師手裡，要是惹對方不高興，直接讓他們不用來上課了，那他們就真的死定了！

所以即使有人心裡不滿，他們還是將這口氣嚥下，不敢再多說。

「老師，我有問題。」

在沒人敢開口的情況下，林邵陽舉手了，所有人都用著看傻大膽的目光看著他。

鄭老師挑了挑眉，也沒顯露出不悅神情。

「你說。」

「老師，來上課之前，我準備了筆記本想要紀錄，可是東西都沒能帶過來，我們上課的時候會分課本和筆記嗎？」

「這個問題問的不錯。」

鄭老師還以為這小子是刺頭，正準備接招呢！結果人家問的是正經八百的事情，不是想要跟他鬥嘴抬槓。

「我們上課是不發課本的，你們回家以後想要複習的話，可以上網搜尋《陰差實習手冊》，下載這個檔案需要輸入密碼，密碼就是你們的實習證編號。」

聽到網路上有課本，林邵陽和其他人都鬆了口氣。

「還有其他問題嗎？沒有的話我們開始上課。」

「沒問題……」

「沒問題了，老師。」

學生們三三兩兩地回道。

02

將概況解說完畢，鄭老師準備上課了。

他將黑板上的班級和人數擦去，又寫上「陽間陰差工作內容」幾個字。

「陽間陰差要做的工作很簡單，一是協助陰間陰差巡邏和捉拿惡鬼，二是觀察陽間的情況，要是發生異常就要立刻向陰間稟報……」

「陰間陰差的工作忙碌，有些人死了以後會亂跑，讓陰差拘不到魂，也有死後成為惡鬼，或是被邪道收去養鬼的，要是發現有這樣的狀況，你們要立刻上報……」

「詳細的工作內容要看你們被分派的崗位，不過大致上都是協助地府陰差辦事，簡單來說，你們就是地府陰差的助理。」

「等你們過了實習期，正式上任後，才能夠獨立行動。」

「老師，我們的實習期是多久啊？」

「實習期的長短要看你們的工作崗位和上司的安排，一般來說，越是危險的工作崗位，實習期就越長，不過要是你們表現出色，讓你們的上司覺得你們已經通過考核，可以獨立出任務了，實習時間也會相對應的縮短……」

「據我所知，曾經有文職實習生因為表現出色，只用了兩個月時間就成為正式陰差……」鄭老師舉例說明道。

「武職的任務比較危險，考核期長，大概都要兩三年、三四年才能成為正式職員，也有一年就轉正的，不過那都是極少數，拿命拼來的。」

「武職的晉升雖然沒有文職快，但是他們的福利好，文職要等到成為正職才能領取薪資以外的福利，武職卻是從實習期就領福利……」

「武職出差會有差旅津貼補助，這個補助金包括了車馬費和飯錢，一天的補助金是三到五千元，要是發現了案件，像是遇到有邪道養小鬼，或是某個地方出現異常，按照案件的情節輕重，可以得到一千到幾萬不等的獎金。」

鄭老師雖然沒有明說，但是話裡話外都在替武職部門招生，一些人的心思也開始往武職的方向浮動。

鄭老師看著眾人的臉色變化，心底頗為滿意。

他其實也不想這樣，但是每次招生，這些實習生都往文職跑，沒人想去武職，造成文職的招募人數總是爆滿，而武職卻經常出現缺額的情況，實在不利陰界發展，為了避免這次又出現這種情形，上級特地召集他們這些老師開會，希望他們多多「鼓勵」實習生從事武職。

「地府雖然只管陰間事，卻也監控著陽世的異常現象……」

「異常分為三種，一種是人或是鬼物的危害，像是抓交替、鬼打牆、養小鬼、下蠱、下符咒害人、擺風水陣這些……」

「第二種是天然形成，像是地理風水的變異，地震過後地形改變陰差陽錯地形成陣法，或是出現陰陽通道、時光回溯等等，種種不正常的現象我們統稱為『異常』……」

「最後一種是因為信念、欲望、執念等等產生的情況，舉例來說，網路暴力這個詞大家都聽過，這其實就是一種信念的聚合體，容易對被攻擊者產生危害，輕則損失氣運，重則出現傷亡……」

「另外，像是『學校七大不可思議』、『都市傳說』這類，這些故事的起源不可考，卻像是民間故事一樣地代代傳承下來，在眾人的口耳相傳中，這些虛構的故事得到信念滋養而變成真實……」

「信念產生的異常最難處理，因為你就算解決了這個異常，只要相關的傳說還在流傳，過段時間這個異常就又會產生，根除不了……」

「你們要是對這類案子感興趣，返回陽間後，可以下載『異域故事APP』，這裡面的故事都是你們的前輩曾經執行過的任務，觀看的密碼同樣是你們的實習證號……」

「……APP？」

「怎麼？很訝異？覺得陰間不應該有這些東西？」

鄭老師似笑非笑的挑眉。

「肖年仔，人間在進步，陰間也會進步！別把陰間看扁了！人間就算發展的再厲害，那些發明家、科學家最後還不是都要死？還不是都要來地府？你們這些還沒死的，不也是來當陰差了嗎？」

學生們：「……」

您說的好有道理，我完全無法反駁。

「我們陰間對於人才都有很好的福利待遇，還專門成立科研部門給他們研究，現在陰間已經開通了網路，可以玩人間的那些遊戲、可以看影片……我們鬼差的裝備也比陽間的警察先進！你們看！」

鄭老師拿出他的手機，打開系統頁面，點開一個名為「鬼物辨識」的功能。

鄭老師指著螢幕上的功能介面說道：「出差巡邏，看到有鬼物或是異常現象，你不清楚他的身分來歷，這時候就先拍照，照片會連到資料庫，就會立刻搜尋到鬼物和異常的相關訊息……這個你們陽間還沒有吧？」

「……」學生們默默點頭。

「捉鬼的時候，只要把鏡頭對準鬼怪，這裡會出現一個瞄準的圓圈，等這個圈圈把鬼圈住的時候，按下這個按鍵，就會有一個法網丟出去，鬼就會被網子捆住，而且還會被直接傳送到監獄……有沒有很方便？」

「有。」學生們再度點頭。

「不過這種抓鬼的方式，怎麼有點眼熟？」

「喔！以前不是這樣的，陽間前陣子不是很流行那個、那個抓什麼夢精靈的？」

「是寶可夢。」

「對、對！」鄭老師笑嘻嘻地點頭，「判官看到那款遊戲覺得很有趣，可是那些遊戲寵物又不可能投放到陰間，所以就換了個方法，改成抓鬼遊戲了，有了這個，我們陰差抓鬼都變得熱情多了！」

學生們：「……」

我們陽間玩抓精靈，你們陰間玩抓鬼啊？聽起來真刺激！

「現在科研部那邊在研究抽卡系統跟網路送貨系統，要是真的研究出來，以後出差就不用帶一堆裝備了……」

03

一個月的上課時間一晃而過。

在元勳的課業輔導下，林邵陽以實戰第一、筆試合格的成績通過考核，成為武職部門的實習生。

成績揭曉的這一天，林邵陽捧著成績單，激動的熱淚盈眶。

每天睡醒就是鍛鍊跟唸書的日子，實在是太辛苦、太煎熬熬熬熬了！

比他以前考大學還累！

「都收到成績單了吧？恭喜你們。」

鄭老師笑盈盈地恭賀，並拿出一疊申請書和職業介紹小冊子，將它發給同學們。

「工作崗位之前上課時已經概略說明過了，要是記不清楚，你們可以看看簡介手冊，上面有各個職務的介紹……」

「填寫申請書一定要謹慎，這可是關係到你們的未來。想要被發派的崗位和區域可以選擇五個，到時候會按照成績分配，第一志向額滿就會往第二、第三選擇派發……」

陰間的職務分配其實挺友善的，它不是強制要求，而是會按照實習生的意願，將職員分配到他最想要的地區。

「你們回家後，記得下載『酆都雙界監管局APP』，或是上網搜尋『酆都雙界監管局』的網站，這裡是陰差的交流論壇，也是陰界聯繫你們的地方，你們的成績和錄取單位都會在這裡進行公告，登入號碼同樣是你們的實習證號……」

「進行志向選擇之前，大家先聽我說明……」

鄭老師拍了拍手，提醒學生們聽他講解。

「我知道，你們有些人都在外地唸書和工作，不在自己出生的戶籍地，你們選填的時候，應該也是想要選在對自己最方便的地區……」

「你們現在只是實習生，選擇的區域影響不大，填戶籍地或是現在的居住地都可以，但是等到你們成為正式職員後，會有一次重新選擇的機會，這時候就要仔細想想了……」

「你們成為陰差，做得事情是能夠積攢陰功德的，這份陰功德可以讓你們晉升職位，也能夠庇護你們的家人。當你們進行巡邏時，你們的氣場會跟當地的地氣逐漸融合，跟地氣的融合度越高，受到的氣運庇護也越多……」

「但是，這種庇護只侷限於當地區域！」

鄭老師說到這裡，停頓了一下，確定眾人都有專注聆聽，這才又繼續往下說道。

「地氣等於這片土地對你的認同，要是你轉換工作區域，就等於要重頭開始積攢地氣……」

「我知道你們大多都不知道地氣的庇護是什麼，這麼說吧！有了地氣的庇護，你不管是在修煉、工作或是做其他事情，都會比別人順利，等於你們增加了幸運值一樣……」

「有地氣庇護的人在遇到危險時也比較容易獲得生機，還有，每個地區都有神明和土地公，獲得地氣庇護的人，神明們對你也會比較友善……」

「老師，神明不都是友善的嗎？」有人不解地發問。

「我說得友善並不是……」鄭老師停頓一下，換了一種方式解釋，「假設你們在執行任務時遇到困難，需要幫助，這時候你們見到有宮廟或是土地廟，你們是不是會想要進去找神明幫忙？」

「對。」

學生們點頭。

神明庇護眾生，這是世人的普遍認知。

「可是神明平常要護佑凡人、鎮守陽世，光是聆聽凡人雜七雜八的祈願都沒時間了，哪有那麼多空閒幫你？」

「可是祂們是神啊，怎麼會不幫忙？」

學生們面露困惑和迷惘。

在凡人的概念中，神明幫助世人、普渡眾生這是裡所當然的事情，有些廟宇甚至會掛上「有求必應」的紅布條，彰顯神明的仁慈。

「神也是有能力限制的。」鄭老師無奈地回道：「也許你們會覺得神明無所不能，遠古以前的神明確實有大威能，可是現在是信仰匱乏的時代，信仰相當於神力的補助品，神明沒了信仰，就像機器缺少了能源，就連維持自身的存在都很困難……」

神明其實也是一種由信念構成的存在，當信仰力越強大、祂們也會越強大，反之，當人們不再信任祂們時，祂們就會漸漸消失。

「再換一個說法，你們現在的身分就像是剛畢業的菜鳥警察，當你遇到事情的時候，不自己想著解決，反而找上警局高層幫忙，你們說，這種情況下，人家會怎麼想？會願意幫助你嗎？」

雖然職能類似，都是為了維護和平的存在，可是人家有自己的任務要忙，誰理你這個小警察啊？

「如果你獲得地氣庇護，也就是這片土地的認可，你在那些神明面前也會得到比較好的待遇，神明會願意出手幫助你。」

鄭老師說出重點。

「為什麼這樣？神明不應該都是要保護眾生？」

有幾位學生面露不服氣，覺得神明不應該是這樣子的。

「你們是眾生嗎？」鄭老師反問：「你們是陰差，雖然是活著的陰差，但是你們已經一隻腳踩入陰界，真要說起來，你們是歸陰界管轄的，你們的頂頭上司是十殿閻王，是地藏王菩薩，不屬於陽世神明的護佑範圍……」

神明都有各自的職權劃分，可不會做出干涉祂神職權的事情。

「老師，那我們要怎麼獲得地氣的庇護呢？」

發現依靠神明的道路走不通，學生們心急地追問另一條路徑。

「這就是我要跟你們說得『分配區域選擇』的重點了。」

鄭老師說了這麼一通話，終於來到了話題中心。

「地氣庇護，也就是『這片土地對你們的認可』，並不是一朝一夕就能得到的，祂會觀察你、審查你，至少也需要三、五年的時間才能獲得一絲地氣……」

「要三、五年？」

「好久……」

「就不能再快一點嗎？」

注意到學生們的表情變換，鄭老師加重了語氣，嚴肅地說道。

「注意！地氣並不是一定能夠獲得的，要是你值勤的時候偷懶，又或者都是做一些無關緊要的小任務，沒有做出對這片土地有貢獻的工作，你不會得到認可！」

這話一出，一些心存僥倖、想要偷懶摸魚、靠著年資獲得庇護的人又焉了。

「你們看看手上的申請表，上面的『希望分配區域』有兩個選項，有『現在居住地址』和『戶籍地址』兩種。如果你們沒有工作、求學、經濟和生活上的問題，我建議你們選擇戶籍地……」

鄭老師不等學生們追問，便將選擇戶籍地的好處說出。

「你們在戶籍地出生，在出生的那一刻就跟當地產生了聯繫，雖然這並不是地氣庇護，但是有這點生緣上的關照，你們獲得地氣庇護會比較為容易，當地的神明也會看在出生地的份上，會關照你……」

「要是你們基於各種情況，只能選擇現在的居住地址，那也不用灰心，你們在離開家鄉來到外地工作和唸書時，應該有一段時間的不適應，這種不適應又被稱為『水土不服』，這是因為來到外地後，自身的地氣跟當地的地氣需要調節適應的關係，只要你們在當地待滿一年以上，差不多就會被當地接納了，只是跟當地人比起來，還是略有不足……」

畢竟人家是從一出生就待在這片土地上的，從小到大，喝的水、吃的食物都是這片土地生長的，一個外來者想要在短時間內贏過當地人，那是不可能的事！

「要補足這點不足，你們可以多去當地的土地廟或是大型的廟宇拜拜，多跟神明們打招呼，關係混熟了，祂們也會在你需要的時候相助一二……」

鄭老師說出求助訣竅後，便讓學生們開始填寫申請表單。

04

林邵陽沒有選擇上的顧慮，元勳給了他一間公司的名字，這是元勳現在工作的公司，這間公司就位於兩人的戶籍地的範圍內。

當林邵陽將申請表單交給鄭老師時，鄭老師看著他選擇的部門，略顯訝異的多看他一眼。

「很有膽氣啊！不愧是本屆的武狀元。」鄭老師笑著拍拍他的肩膀，「分配的結果會在三天內發送，你回家等通知吧！」

「好，謝謝老師。」

林邵陽笑著道謝一聲，向老師鞠躬行禮，感謝他這段時間的教導，隨後便走出了教室。

他的腳一踏出教室，隨即被傳送回家，在床上睜開眼睛。

林邵陽笑容滿面地起身，推開房門，跑到客廳。

元勳正坐在沙發上等待他的成績回報。

「勳哥！我通過考試啦！實戰第一、筆試合格！」林邵陽興高采烈的宣布道。

「恭喜！」

元勳拉開手裡的拉砲，彩帶灑了林邵陽滿頭。

「勳哥，我要吃你煮的豬腳麵線！」

林邵陽扯下頭上的彩帶，順勢提出要求。

「知道啦！我早就準備好了。」

元勳起身走向廚房，端出了一鍋豬腳麵線。

「吃豬腳麵線去去霉運，添福添壽，壞運踢走，平平安安、健健康康，好運長長久久……」

他掀開鍋蓋，一邊替林邵陽盛豬腳麵線、一邊念著各種吉祥祝語。

「謝謝勳哥！」

林邵陽接過碗筷，坐在沙發上大口啃著豬蹄，又稀里呼嚕地將麵線吃進嘴裡，不到三分鐘的時間，一大碗的豬蹄麵線就被他吃光了。

「勳哥，我什麼時候去你們公司上班啊？」林邵陽抹去嘴上的油漬，隨口問道。

「要等分配單公告出來。」元勳回道。

「老師說，分配通知會在三天內公告。」

林邵陽拿出手機，搜尋了「酆都雙界監管局ＡＰＰ」並進行下載。

下載完畢後，他點開了酆都雙界監管局ＡＰＰ，首頁的中間欄位是公告欄，左側欄位是各種新聞報導，右邊的欄位是論壇中最受關注的熱門討論。

其中，排在第一的公告便是他們這批實習生的考試成績。
林邵陽點開公告觀看，最上面一排寫著錄取總人數，這批的錄取總人數是兩千三百人，其中文職只佔了一百五十人。
下方是列著成績的表格，表格分成三個大區塊，一個是筆試成績、一個是實戰成績，還有一個是兩者相加的總成績。
林邵陽雖然是實戰第一，但他的成績被筆試拉下太多，總成績的排名是九百九十九名。
「呦！九九九，真是個好數字！」元勳開玩笑的說道：「不過筆試怎麼都在及格邊緣？」
「勳哥，你自己說只要及格就行了……」林邵陽心虛地回道：「而且也不算是及格邊緣吧？我的最低分都有七十分，已經考得很好了！」
他認為所謂的「及格邊緣」應該是指六十一、二分的那種，他可是足足多了十分！不算邊緣了！
「……好吧！你確實有進步。」想起他過往的成績，元勳決定放他一馬。
「除了我們公司以外，你還選了什麼職位？」元勳隨口問道。
雖然已經打通了公司的選人環節，元勳還是讓林邵陽多填幾個部門，免得到時候出現意外，落選了。
「我選了澄光演藝經紀、吉祥模特兒經紀、天星網路媒體、樂天娛報跟綠葉傳媒。」林邵陽說出他的選擇，「這五間招攬的武職多，薪水也高，實習生的薪水光是底薪就有三萬元！」
「都是跟娛樂圈有關的？」元勳眉頭微挑。
「對啊！你讓我選的澄光就是娛樂圈的，我想說，要是落選了，那就找一個跟澄光差不多的公司待著，這樣我們都在娛樂圈，見面的機會也會比較多。」林邵陽笑嘻嘻的回道。

元勳點點頭，對他的選擇並不反對。

「那些明星藝人都很相信命理風水，要處理的案件很多。」元勳說道。

不然也不會有這麼多間跟娛樂圈相關的公司了。

林邵陽嘿嘿一笑，拍手回道：「案件多才好啊！完成任務有抽成，要是發現大案子，還可以額外得到一筆獎金……」

林邵陽掐著指頭算著，「底薪三萬，聽說新人一開始會分配任務，一個月差不多是三到五個任務，要是我一個月可以完成五個任務，最少也能拿五千塊的抽成，加上全勤獎金、差旅費、加班津貼……一個月應該可以拿五萬左右！好多啊！勳哥！」

林邵陽掐著手指計算一通後，後知後覺地瞪大眼睛驚呼。

他以前打工的時候，拿到最多的薪資也不過三萬出頭，那還是在工地當臨時工，日曬雨淋、扛磚扛沙袋，累得腰酸背痛的辛苦錢！

現在成為實習陰差後，他竟然能賺到將近翻倍的錢！

「陰差工作可真好……」林邵陽滿臉滿足地倒在沙發上，嘿嘿地傻笑。

看著滿腦子都是錢的林邵陽，元勳抬手揉亂他的頭髮。

「我怎麼養出了一隻小錢精？我也沒有在生活費上虧了你啊！零用錢我可是都有給你……」

「哎呀！那不一樣啊，你給得錢是你賺得，又不是我賺的……」

「分的那麼清楚？」元勳挑眉看著他，「看來你對我很不滿啊？不想被我管著？」

「不是啦！勳哥管我是為我好，我知道的！」林邵陽慌張的解釋，「我只是不想勳哥那麼累，我也想要跟勳哥一起工作賺錢養家！」

「小陽真的長大了。」元勳感慨的說道：「以後我們就一起養家。」

「好！」

第三章 意外發現案件！

01

成績公告後，林邵陽被分配到他的第一志願——澄光演藝經紀公司。

「哥！以後我就是你的同事啦！請多多指教！」

林邵陽舉著手機上的簡訊，興沖沖地對元勳說道。

通知簡訊上還有澄光演藝經紀公司的相關介紹。

澄光演藝經濟公司給得薪水相當多，光是底薪薪資就有三萬五千元！福利也很好，全勤獎金、績效獎金、差旅補助、加班費、三節禮金、任務抽成等等，加一加能拿到兩萬左右！

要是林邵陽勤快些，整個月都在外面奔波，估計能拿到六萬以上。

公司還設有員工餐廳供應餐點，而且因為他們是二十四小時輪班工作的，所以員工餐廳也是二十四小時開設的，什麼時候過去餐廳都有食物能吃。

林邵陽在約定的時間前往公司，找自家的隊長方晴報到。

方晴見到林邵陽時，沒有說話，只是上上下下的打量了他一圈。

林邵陽也不緊張，任由她打量，自己也好奇地觀察這位頂頭上司。

方晴臉上化著精緻妝容，有著一頭大波浪及肩棕髮，身穿水藍色襯衫、黑色長褲，腳下踩著一雙高跟鞋，氣場相當強大，卻又不會強勢的讓人覺得她失去女性特色。

「剛柔並濟」是對她最合適的評價。

「你的外型不錯，要不要考慮當個兼職模特？」

乙五小隊隊長，對外職稱是經紀人的方晴問道。

「模特的錢多嗎？」林邵陽第一時間關注的就是錢。

「新人價大概是兩萬出頭，等有名氣、有經驗以後，網拍一天的價格大概是兩萬七、兩萬八左右。」方晴回道。

「一天就能拿兩萬多？」林邵陽瞪大雙眼，難以置信的問：「那他們做一個月下來，不就……」

「你想什麼呢？還每天拍？哪有這麼好的事？」方晴哭笑不得的搖頭。

不過林邵陽的想法也是外界對模特兒認知模糊的地方，會這麼說，她也不覺得奇怪。

「這麼說吧！模特兒圈還是以女性為主，男模的錢比女模少，工作量也沒有女模多，大概就是換季的時候工作量會大一些，其他時候根本沒什麼收入，一個月能接一兩單網拍工作就很好了……」

「這樣他們能生活嗎？」林邵陽詫異了。

「不能啊，所以男模大多是兼職居多，要不就是跨界當明星……」方晴回道：「所以我才會問你，要不要『兼著』當模特，而不是叫你做正職。」

「……方姐，我可以推薦我哥當模特嗎？」林邵陽眼巴巴地問：「他長得比我帥，身高比我矮一點，不過也有一百八……」

「你是說大動嗎？他已經是模特兒了。」白晴知道林邵陽和元動的關係。

「欸？我哥怎麼沒跟我說？他都拍什麼廣告啊？」

「大動的主要工作是藝人助理，跟你一樣，模特兒只是兼職，拍的是平面成衣的廣告。」白晴停頓一下，又道：「你們那組原本的藝人已經離職了，現在需要抽調一個人上來當藝人，不是你就是大動。」

「那還是給我哥當吧！我當他的助理就可以了！」林邵陽想也不想地回道。

「行！」白晴也不勉強。

報到完畢後，林邵陽走出方晴的辦公室，元動已經站在外面的走廊等待。

「走吧！我帶你去領取個人用品。」元動說道。

林邵陽拿到了特製背包、特製手機、筆記型電腦以及公司的職員晶片卡。背包、手機和筆記型電腦都是陰間研發，具有特殊功能的，其中一種功能就是保護使用者。

看著裝備，林邵陽的表情有些複雜。

「我還以為會發個陰差制服，像是黑白無常穿的那種，結果……裝備都好現代啊！」

「你想穿著黑白無常的衣服在街上跑？」元動一臉訝異的看著他，「沒想到你還有這種喜好。」

「不是啊，走陰差不是可以脫離靈魂去辦案嗎？到時候穿著『制服』你不覺得比較正式，比較有陰差的感覺嗎？」

就像道士就要穿道士服，警察要穿警服一樣，這是一種儀式感！

「你想太多了，那些案件不會輪到實習生，都是正職陰差負責的，實習陰差只需要幫忙調查線索，整理相關資料，並在戰鬥的時候進行輔助和圍困就行了。」

「喔……」林邵陽面露遺憾。

「手機跟筆電裡面有員工手冊，要記得背下來。」元動提醒道。

「好。」

「公司有員工餐廳，免費的，什麼時間都能去吃，要是要跑外面，也可以打包外帶……」

「餐廳的食物好吃嗎？」

「掌杓的大廚以前是禦廚。」元動回道。

「哇喔！那我能帶宵夜回家吃嗎？」

「……能。」

「公司的藝人大多是普通人，也有像你我一樣的。」元動說道。

「我們的調查範圍是娛樂圈，經常會打著藝人的名號進入某劇組或是某間公司合作，偶爾還需要讓藝人充當誘餌，這個過程中，藝人可能會遭遇危險，所以凡是遇到這種情況我們會事先向藝人提出徵詢，問他願不願意參與，並不強制要求……」

「當藝人這麼危險嗎？」林邵陽大為意外，神情也慌張了起來，「怎麼辦，剛才方姐問我要不要當藝人，我說讓你當就好，我、我只是覺得你比我更像明星，我……」

「沒事，就算方姐沒問你，我也會當藝人。」元動語氣平淡的回道：「我們小組的藝人離職了，需要有人填補。」

「太危險了……」林邵陽皺著眉頭，想要勸元動放棄。

「就算我不當藝人，甚至不進入這間公司工作，就能保證我一輩子平安健康，不會遭遇任何意外嗎？」元動反問。

如果逃避就能解決問題，林邵陽又怎麼會成為陰差？

「活著的時候能領高薪，死後還能被地府聘僱，不想繼續當陰差也能享有大量功德，還有什麼比這種情況更好的？」

元勳拍拍林邵陽的肩膀，寬慰著他。

「……」林邵陽面露糾結，顯然沒有被元勳說服。

「我們現在是同事了，你要是擔心，可以保護我。」元勳退一步說道。

聽到這話，林邵陽的表情才明朗起來。

「哥，我一定會保護好你的！絕對不會讓你出事！欸……我這樣算不算立flag？」

「……你想太多了。」元勳揉亂他的頭髮。

02

「我們小組的成員差不多有二十幾個，正職人員十七個，外聘人員三到五個，外聘人員經常會調動，所以數字不固定。」

「成員大多不在公司，平常都是靠著鴻雁聯繫。」

鴻雁，取自「鴻雁傳書」之意，是陰間自行開發的通訊軟體，陰陽兩界皆可使用，甚至可以用鴻雁連通陽間的社群網路，發送各種影音和文字訊息，功能相當強大，保密性也高。

「你是實習生，所以需要每天到公司報到並且接受訓練，等你成為正職人員就可以自由調配時間了。」

「勳哥，你是正職人員嗎？」林邵陽問道。

「之前是外聘人員，現在的話……算是實習生吧！」元勳回道。

即使之前他已經完成了不少任務，但是那些都是屬於外聘工作，現在他陪著林邵陽加入地府，自然還是要從基層做起。

「每個小組都有自己的專屬辦公室，我們是七組，在這邊……」

元勳領著他走向一間辦公室，辦公室的門上鑲著一塊名牌，上面寫著「乙五－七」。

辦公室很寬敞，門口正中央是一條走道，左右兩側各排列著五張辦公桌，靠牆的位置立著幾個資料櫃和文件櫃，最底部橫放著一張會議長桌，靠近會議桌的牆面上鑲嵌著大型螢幕。

辦公室內坐著兩個人，兩人的年紀看起來都是三十出頭。

「組長，我帶新人過來了。」

元勳將林邵陽領到穿著淺灰色細條紋西裝，身材高瘦的男子面前。

他的髮長及肩，被他隨意地攏在腦後綁成小馬尾，整體造型很有雅痞風格。

「你好，我是七組組長錢蒼，歡迎你加入七組。」

錢蒼微笑著伸出手，林邵陽也連忙伸手回握。

「組長你、您好，我叫做林紹陽！」

「不用這麼緊張，我們這裡沒有嚴厲的規矩，只要不犯錯就行了。」錢蒼笑著安撫。

「是，我會努力的工作！」林邵陽挺胸保證道。

錢蒼見狀，笑了笑，轉移了話題。

「既然你跟大動認識，那就由大動帶你吧！」錢蒼說道：「對了，進入公司後，要自己取一個替代名，避免被人發現你們的真實身分。」

畢竟跟他們打交道的都是陽世凡人，而他們也是生活在這裡，對於一些有權有勢的人來說，想要查出一個人的身分背景太簡單了。

雖然說，取假名也不能完全解決這個問題，但是公司的資訊組會幫忙屏蔽個人資訊，只要他們不承認，對方也拿他們沒轍。

「要取假名啊？那我……」

「你就叫小陽吧！」元動接口說道：「這名字你熟悉，應對上也不容易出錯。」

「好啊！」林邵陽爽快的答應。

跟錢蒼打完招呼後，元動緊接著介紹著坐在錢蒼隔壁的人。

「這位是石青，他是副組長。」

跟錢蒼的正式裝扮不同，石青的打扮相當平常，上身是米色短袖襯衫，下身是活動方便、多口袋的深灰色工裝長褲，再搭配一雙深藍色運動鞋，衣著全以舒適和便於活動為主。

這樣的裝扮配上一頭俐落短髮，整體看起來很有粗獷、率性的風格。

「副組長好！」

「你好，叫我石哥就行了。」石青朝他點頭笑笑。

「是，石哥！」

石青對外的職稱是司機，專門負責接送藝人，而錢蒼的名片頭銜則是經紀人。

這兩位都是資深陰差，據說工作資歷接近百年。

「辦公室的座位都是隨便坐的，你就坐我隔壁吧！」

元動領著林邵陽來到最後方、靠近會議桌的辦公桌前，林邵陽的位置就在他的座位旁邊。

「我們組裡還有一位資訊組成員，名叫店小二，不過他一般不來公司，都是透過電話和鴻雁進行聯繫……」

元動將負責情報、資訊收集的店小二聯繫方式傳給林邵陽。

「叮鈴……」

辦公室內突然響起短暫的風鈴聲。

牆上的螢幕畫面自動亮起，一個用毛筆畫的Q版古代小人出現在螢幕上，小人的身上還寫著「店小二」三個字。

「店小二來啦！是哪位客倌在呼喚我呢？」

清爽的少年音自音響傳出，螢幕上的Q版小人的嘴巴也一動一動的，看起來就像是動畫人物在說話一樣。

「小二，這是我弟弟林邵陽，今天就職。」元動笑著向店小二介紹道。

「喔喔！原來是小羊兒啊！歡迎歡迎！」店小二的少年音換成了溫柔的姊姊聲調，「之前聽大動說了好多你的事，他說你乖巧、聽話又有禮貌，是個可可愛愛、認認真真的小孩兒呢！」

螢幕中，店小二身邊多出了一隻簡筆畫的小綿羊，牠蹦蹦跳跳的在店小二身邊打轉，跳躍的動作輕飄飄的，像一朵長著彎角的白雲。

「……可愛？」林邵陽瞪大眼睛、控訴地看向元動，「我這樣的，應該是陽光、開朗、帥氣吧？」

元動微微一笑，摸了摸他的腦袋。

「你小時候確實很可愛。」

「咯咯咯咯……真想不到，大動竟然有個這麼單純的弟弟，我還以為大動養出來的孩子會跟他一樣，都是狡猾的狐狸呢！」

溫柔的女子聲音換成了颯爽的青年音，讓人聽了就聯想到江湖俠客的形象。

「狐狸？動哥確實很聰明……」林邵陽點點頭，自動將這句話當成是誇獎。

「哈哈哈哈……」店小二換成有些奸詐、狡黠的中年男子嗓音，「除了聰明以外，他還狡猾狡猾滴！腹黑的狐狸可不好惹……」

對於這樣的評價，元動只是微微一笑，對林邵陽繼續介紹道。

「店小二的性別不明，不過因為他用最多的是男性的聲音，所以在稱呼上，我默認他是男的，但是他也很八卦，喜歡收集各種花邊新聞、小道消息，在這方面來說，當他是女人也可以……」

「大動，你這是性別歧視，男人八卦起來也不比女性差，根據調查，娛樂週刊的狗仔記者有一大半都是男性擔任……」

店小二用著相當正氣的男子嗓音說道。

「店小二除了八卦之外，還挺膽小的，遇到恐怖片和鬼片都會尖叫著跑掉，就連靈異類的遊戲他都不玩。」

「……大動哥哥，沒必要第一次見面就一直戳我的弱點吧？」店小二的聲音換成委屈巴巴的女童音，「泥再這樣欺負我，我就不跟泥好了喔！」

「要絕交五分鐘嗎？」元動笑問。

「我要跟你絕交十分鐘！略略略……哼！」

螢幕上的動畫小人朝元勳吐舌扮鬼臉，又跺了一下小腳腳，氣鼓鼓地跑開。

「勳哥，他……」

「沒事，他經常這樣，我們繼續……」

趕走了店小二，元勳拉著林卲陽繼續進行教學，希望能讓他快點適應這份工作。

林卲陽很努力，只用了一個多月的時間就完成元勳安排的各種訓練課程，可以開始進行任務了。

03

「目前沒有適合的任務給你。」元勳瀏覽著任務介面說道：「明天我有外拍工作，你跟我一起去，熟悉一下助理的工作流程。」

雖然他們的正職是陰差，可是陽世的工作才是他們最常接觸的，自然也要熟悉了解。

元勳的外拍工作是網拍成衣店的新品拍攝，早上六點多就要起床準備。

在約定的八點之前，兩人抵達拍攝的攝影棚，接著就是進行梳化和拍攝。

衣服一套換過一套，身上的配件也不時地進行調整，元勳聽著攝影師的指揮，游刃有餘地變換姿勢和神態，讓攝影師讚不絕口。

林卲陽從沒見過元勳當模特兒時的模樣，不免也為之讚嘆。

「勳哥真的好厲害。」

要是換成他當模特兒，臉肯定會笑僵掉！

好不容易捱到中午放飯，忙了半天的元勳還只能吃半飽，免得吃飽後肚子脹大、胃會凸出來，拍照難看！

林邵陽同情地看著元勳，覺得勳哥實在是太慘了。

元勳倒是不覺得這有什麼不好，體重控制是明星的基本準則，他既然站到台前來了，就該遵守這行業的規矩。

更何況，他也不是什麼易胖體質，雖然只吃了一半的便當，但這便當可是炸雞塊便當，整塊炸雞排都被他吃光了！比其他模特兒幸福多了！

那些專業的模特兒可不能碰油炸物，他們都是啃草的，每天只能吃燙青菜和水煮蛋維生。

吃過飯後，距離下午的拍攝還有二十幾分鐘，這段時間就是眾人的休息時間了。

「大家辛苦了！」

響亮的男子招呼聲傳來，眾人回頭一看，一名有些禿頂的中年男人笑著朝他們走來，手上提著兩袋飲料、年輕貌美的女助理跟在他身後。

「老闆好！」

網拍公司的員工紛紛向中年男人打招呼。

「好好，大家辛苦了。」蔡老闆笑呵呵的點頭回應，「我買了飲料過來……麗娜，妳給大家分分。」

「好。」

麗娜手上提著一袋礦泉水和一袋手搖杯的飲料，她將礦泉水的袋子交給蔡老闆，自己則是提著手搖杯飲料分給員工。

「你們模特兒要管理身材，不喝飲料，我就買礦泉水過來了。」蔡老闆將礦泉水遞給元勳等人時，特地解釋了一句。

「謝謝蔡老闆，您真是太貼心了。」元勳微笑著讚美道。

「沒有、沒有，我還要感謝澄光公司願意接我這個新公司的單子。」蔡老闆笑著回道。

他的網拍成衣公司成立到現在不過一年時間，會找上澄光演藝經紀公司進行合作，也是因為澄光公司的收費較為便宜。

林邵陽注意到，蔡老闆跟那位麗娜助理的手腕和脖子上配戴著相似的首飾，不是常見的金銀珠寶，而是黑色的佛珠手串和玉牌項鍊，身上也帶著淡淡的檀香味，似乎是虔誠的佛教徒。

如果只是這樣，也不至於引起林邵陽的注意，讓林邵陽察覺到異常、進而關注的原因是，林邵陽覺得蔡老闆跟他的助理之間有著一種特殊氣場。

一種讓他覺得不太舒服的氣場。

從小到大，林邵陽的直覺向來靈敏，成為陽世陰差後，這種直覺感應又進一步的加強，學習過陰差課程的他知道，這種直覺是一種靈覺感應，套句宗教界的說法，「這是某種未知在對他傳遞訊息」。

鄭老師再三叮囑要他們注意自己的直覺感應，照著直覺走，而澄光公司的職員手冊也有提到這一點。

林邵陽最大的優點就是聽話，既然大家都說要重視直覺，那麼他自然就是加重對於蔡老闆的觀察了。

蔡老闆正在跟元動聊天，對於林邵陽的目光並不在意。

許多人知道他是老闆以後，都會特地關注他，他已經習慣這種注視，甚至因此隱隱得意。

等到蔡老闆去跟其他職員說話時，林邵陽才挪到元動身旁。

「動哥，你有沒有覺得蔡老闆跟那位助理好像怪怪的？」林邵陽低聲在元動耳邊說道。

聽到他這麼說，元動暗中開了天眼，仔細地觀察了蔡老闆。

這一瞧，還真的看出了點端倪。

「他們戴的首飾染過血，家裡可能有供邪靈，要不就是入了邪教，總歸不是什麼好東西……」元動低聲說道，並快速在手機上敲下訊息，將這件事情傳遞給錢蒼和石青。

錢蒼收到訊息後，隨即回覆訊息，讓他們暗中進行觀察，但是不要打草驚蛇。

等到蔡老闆跟他的助理走後，林邵陽和元動暗中觀察著職員。

「飲料有問題。」

看著職員將飲料喝下後，元動突然開口說道。

「什麼問題？」林邵陽好奇的問。

「不清楚。」元動皺眉回道：「我看到那些人在喝下飲料以後，身上的氣場發生變化，變得更加混濁。」

「這也太……」元動看著手裡的礦泉水，很慶幸自己還沒喝。

「礦泉水沒問題，超商買的。」元動察覺到異常後，第一時間就是檢查手上的礦泉水，「手搖飲料應該是他們自己做得，要不就是買來以後用針筒將藥水注入。」

「我們拿兩瓶回去檢查？」林邵陽提議道。

「嗯，公司有專門化驗的機器。」

蔡老闆他們準備的飲料剛好合乎員工數量，但總是有人不想喝飲料的，現場還剩餘了幾杯，對方爽快地給了他們。

「本來只是帶你出來逛逛，沒想到還能釣到魚，運氣可真好……」元勳推了推眼鏡，眼眸微眯。

這間網拍店是自己找上門的，並不在澄光公司的調查名單裡面。

「你先將飲料送回去檢驗。」

「好。」

林邵陽將飲料送回公司後，當天下午，元勳才剛結束拍攝，檢驗報告就傳送到鴻雁群組裡頭。

04

石青：那是一種控制心神的藥粉，藥效不強，但是長時間服用會上癮，還會被操控心智，不過對身體沒影響。〔附件：檢驗報告單〕

有些藥物不僅影響靈魂跟精神，甚至會對身體和壽命造成損傷，這藥粉的檢測結果算是很不錯了。

「操控人？他們為什麼要控制自己的員工？」林邵陽很是訝異。

被下藥的人是公司職員，跟蔡老闆又沒有利害衝突，他不明白蔡老闆為什麼要這麼害人。

「說不定是希望讓員工對公司忠誠。」元動扯了扯嘴角，皮笑肉不笑的說道。

「那、那這些員工他們還有救嗎？」

「神智挺清明的，只要不繼續服用，應該沒問題。」錢蒼回道。

檢驗人員給了時間，說是連續服用半年以上會有危險，而在報告出爐之前，元動跟那些員工套過話，發現他們都是新進人員，入職時間還不到半年。

而網拍店最早的那批元老，聽說跟蔡老闆理念不合，之前紛紛離職了，據說還有人開了同樣的網拍成衣店做生意。

蔡老闆對此很不滿，覺得那些搶生意的人很「不道德」，但是現任員工也說了，網拍成衣店的本錢少，進入門檻低，是許多年輕人創業的選擇，員工們都不認為這有什麼問題。

況且蔡老闆自己也是從另一間網拍成衣店跳出來開店的，他不只搶了前公司的生意，還用前公司的供貨管道進貨，店名設計和網店網頁也跟前公司相似，據說因為他們這樣的舉動，前公司的客源被他們搶了一部分呢！

真要比起來，他比離職的老職員還狠！

林邵陽的外拍行程是兩天，所以他們還有一天的時間可以接觸和調查。

隔天，元動和林邵陽來到外拍場地後，在元動拍攝的期間，林邵陽也找機會跟其他職員套話。

「你們在公司時，蔡老闆也會請喝飲料嗎？」

「我們公司有下午茶時間，老闆在公司裝了咖啡機跟飲料機，員工可以隨便喝，外拍出差的時候，老闆也會像今天這樣，送飲料跟糕點過來。」

對於這樣的員工福利，職員們自然是相當喜歡的，甚至覺得這樣的老闆很好。

看著面露高興的職員，林邵陽忍住心底想要吐槽的想法，乾笑著附和。

林邵陽還煩惱著拍攝完成後，要用什麼藉口接近蔡老闆他們，辦法還沒想出來，這天中午，蔡老闆和助理又提了飲料過來了。

他們還真是一天都不遺落啊！

林邵陽跟元動互看一眼，笑著接過礦泉水，並看著助理麗娜將手搖杯飲料遞給員工。

要不是確定這些飲料短時間喝了不會有問題，他們還真想把飲料搶過來丟掉！

「蔡老闆，你的項鍊真好看，是在哪裡買的啊？我也想買一條來搭配造型。」元動笑著上前套話。

「這個不是買的，是我跟大師『請』的開運牌！」

蔡老闆有些不滿，覺得眼前這個年輕人看輕了項鍊的價值。

元動原本想用誇讚的方式套出玉牌的來歷，但是看蔡老闆好像提防著他，連忙改變態度，讓自己顯得不那麼熱烈。

「大師賣的東西？」元動皺著眉頭，似乎對命理這一套頗為排斥，「蔡老闆，現在外面的騙子挺多的……」

原本不想回答的蔡老闆，見到元動這副模樣，反被激將了。

「胡說八道！你又沒用過，你怎麼可以說這些東西沒用？」蔡老闆惱怒的大吼，眼睛隱隱泛著赤紅，「大師他說的話可靈驗了！他幫我改了風水擺設、讓我戴開運項鍊以後，我公司的生意就變得很好！」

「蔡老闆，我覺得你們公司生意好是你們自己努力，並不一定是這些東西的幫助……」

「閉嘴！大師可靈驗了！你年紀輕輕亂說話，小心被神明懲罰！」

蔡老闆的喝斥聲引來了其他人的關注，察覺到這邊的氣氛不對，原本還在暗中觀察助理行動的林邵陽，立刻走回元勳身邊，充當一位保護者。

「我怎麼就是胡說了？我就被騙過！」

元勳裝出生氣的模樣，朝蔡老闆吼了回去。

「之前有個算命的，跟我說我的運勢好，以後會一飛沖天，只是我大器晚成，需要他開壇作法幫我催運氣，讓我早點紅，我信了，給他十萬，請他作法，結果他作法以後，我還是沒紅，而且原本快要談好的工作還丟掉了幾個！」

元勳撇了撇嘴，臉上帶著五分憤怒、三分鄙夷和兩分傷心，演技訓練的成果全數展現。

「我去找那個算命師，想問問他是不是作法出了問題，結果人早就跑得不見蹤影了！我去報警，警察跟我說，那就是個騙子！慣犯！已經騙了好多人了！」

聽到元勳被騙的過程，蔡老闆的怒氣消了，取而代之的是一種洋洋得意的笑容。

「那是你沒找對人，我這位可是真正的大師，真的有本事的。」蔡老闆說了兩次「真的」，特地強調道。

「……」元勳聳聳肩，沒有回話，但臉上很明顯就是「我懶得跟你吵，隨便你瞎扯」的表情。

接下來，林邵陽就看到勳哥是如何用表情和幾句簡單的話語，讓蔡老闆激動地說出「大師的種種神奇事蹟」，並在元勳連番婉拒中，將大師的電話和經營的網店資訊塞到他手裡，還說要親自帶他去見大師，讓他見證大師的厲害。

「今天晚上我剛好跟大師有約，我帶你去見他！」蔡老闆瞪著眼睛說道。

「這……我今天工作了一天，有點累，還是改天吧！」

元勳客氣而僵硬的婉拒，一副「不想浪費時間在大師身上」的模樣。

「不行、不行，你不跟我去就是不相信我！」

蔡老闆直接抓住元勳的手，不肯放他離開。

「我跟你說，高大師他真的很厲害，他不是外面那些騙子！他幫助了好多人，挽救了兩百多個家庭……」

「你怎麼知道有兩百多個？不會又是那位高大師告訴你的吧？」元勳滿臉的不信任，就差沒有將他的懷疑說出口了。

「嘖！你這個人怎麼疑心病那麼重？」蔡老闆不滿的皺眉，「我們這些被高大師幫助過的人組了個line群，群裡面有人數顯示，當然就知道有多少人啊！」

「……聽起來怎麼那麼像傳銷？」

元勳低聲嘀咕，音量不大不小，正好讓蔡老闆能聽見。

「什麼傳銷？大師他才沒有強迫我們買東西！而且他開光的那些法器都是隨我們心意給錢的，你要是手上沒錢，給個一、兩百塊也行……」

「那還不是收錢了？」元勳不以為然地反駁。

「當然要給！這是習俗！給紅包是要化煞，就像是你請人替你消災解厄，你就要給辦事的老師紅包，不然他們會背上你的惡業，主要是用紅包的紅和喜氣驅逐厄運，裡面的錢包多包少都沒有問題……」

蔡老闆一臉「你怎麼連這點傳統習俗都不懂？」的表情，語氣中透著指點無知人士的高傲。

「……」元勳無言以對。

蔡老闆覺得自己把元勳「說服」了，露出得意的笑容，就連有些禿的頭頂都顯得光亮幾分。

「就這麼說定了，晚上我要跟大師吃飯，帶你一起去見他！」蔡老闆直接敲定時間和地點，不給元勳反駁的機會。

第四章
高大師

01

前往餐廳的路上，蔡老闆不斷對元勳和林邵陽叮嚀，絕對不可以冒犯大師，不可以對大師不敬，不可以對大師失禮，不可以對大師提出過份的要求，不可以巴啦巴啦巴啦……

翻來覆去就是那幾句話，讓元勳他們聽的有些無奈。

「是，我知道，我們不會冒犯大師。」

「好，等一下我絕對不多嘴。」

「沒問題，我們絕對不跟大師提要求！」

「我們只是去見見大師，開開眼界的，不會跟您搶大師，您就放一百二十個心吧！」

他們提前十幾分鐘進入包廂，高大師卻姍姍來遲，讓他們等了快半小時。

「抱歉，今天遇到一個冤債纏身的，我跟他的冤親債主調解了很久，遲到了……」

高大師嘴上說著抱歉，表情卻一點也不抱歉，反倒顯露出「讓你們等我是你們的榮幸」，把林邵陽氣得有些手癢，想揍人！

高大師穿著一身唐裝，這也是常見的修行者造型，年紀看起來大概五十歲左右，體格高瘦，蓄著短鬚，腦袋是光的，頭髮都剃掉了。

林邵陽注意到，大師身上配戴了許多飾品，項鍊四五串，雙手都帶著手環和戒指，飾品的材質大多是玉質，也有鑲嵌著珠寶、鑽石的，五光十色，看起來像個暴發戶。

元勳默默在心底推敲對方的性格，想著該怎麼接近對方，而林邵陽則是滿臉羨慕的看著大師。這麼多珠寶，能賣多少錢啊？肯定能買房子了吧！

高大師注意到林邵陽的羨慕眼神，嘴角翹了翹，露出一抹譏笑。

在他看來，除了蔡老闆以外，元勳等人都是貧民、下等人，根本不值得他多做關注。

就連向他陸續上供了兩百多萬的蔡老闆，也只是一個還可以的錢袋子，他的目標是更富有的有錢人，身家財產上億元的那種。

只可惜，他經營了半年多，也才經營到蔡老闆這樣的等級，更高的層級他還沒機會接觸到。

不過沒關係，眼前不就有一個好機會嗎？

高大師笑瞇瞇地看著元勳等人。

「天尊」給了他一項特異功能，讓他可以看見其他人的「血氣」，血氣越強盛的人，對天尊越有好處！

這幾個年輕人的血氣都比一般人還要強盛，天尊一定會喜歡！

天尊一高興，肯定會給他賞賜！

天尊的賞賜可不是普通東西，都是一些極為難得的財運、健康、壽命，他現在能夠這麼年輕、這麼健康，都是因為他之前給天尊上供了一批年輕的處子。

一想到天尊許下的好處，高大師對元勳他們也就熱情許多，沒有之前那麼看不上眼了。

「大家都餓了吧？來來來，都坐下，開始吃飯。」

高大師笑著招呼眾人，自己率先坐在主座，蔡老闆坐在高大師的右邊，助理麗娜坐在蔡老闆旁邊，元動和林邵陽他們坐在另一側。

用餐當中，高大師為了吸引元動他們，故作無意地說了幾件他「幫助」過的案件，用詞誇張、故事怪誕，惹得麗娜助理連連驚呼，蔡老闆各種附和吹噓，也換得元動他們的讚嘆捧場。

元動配合著高大師的吹噓，巧妙地將自己的態度從質疑變成半信半疑，間接地刷了蔡老闆和高大師的好感，這種情況有助於他日後再度聯繫高大師，進一步調查案情。

這場晚餐就在眾人合力「演出」下愉快地結束了。

臨走前，元動特地向高大師討了名片，高大師自然爽快地給了，他還拿出兩個平安符給元動和林邵陽，至於錢蒼和石青則是被他忽略了。

「相逢即使有緣，我發現幾位最近的運勢不太好，怕有血光之災，送個平安符給你們，讓你們護身。」高大師端著架子，相當有高人風範的說道。

「謝謝，高大師，您真是個好人。」元動面露感激地說道：「我最近真的覺得運氣不太好，家裡出了一堆事，工作也不順利，前陣子我弟還出了嚴重車禍……」

「放心吧！我這平安符可以擋災，不用怕。」高大師笑著回道。

「謝謝大師。」元動再度道謝。

眾人在餐廳門口告別，蔡老闆和助理送高大師回家，元動等人也返回公司。

七組辦公室內。

林邵陽拿著平安符翻來覆去的觀看，又將平安符的小紙袋打開，拿出放在袋子裡的符紙。

黃色的符紙上用紅色線條勾勒著符紋，樣式看起來跟一般廟宇贈送的平安符差不多。

「動哥，這符真的有用嗎？我怎麼覺得這符怪怪的？」

拿著符紙的林邵陽，覺得渾身不對勁，很想將符紙扔掉，又擔心這是重要證物，不敢扔。

「你覺得哪裡怪？」元勳沒有直接回答，而是提出反問。

「就……」林邵陽撓撓頭，說不清那種感受，「覺得這東西讓我毛毛的，感覺不是什麼好東西，你看，我的雞皮疙瘩都起來了。」

他亮出手臂，讓元勳等人看他手臂皮膚上冒出的小粒。

「還有呢？」錢蒼雙眼一亮，笑著追問道。

「還有？」林邵陽知道錢蒼這是在考他，他又仔細地看了看平安符。

不曉得是不是盯的太久，出現幻覺了，他竟然看到符紙上有一縷一縷的黑氣，而且那黑氣是「活」的！像蟲子一樣往他手腕上纏繞！

「臥槽！」林邵陽一個激動，把符紙丟到地上。

「動、動哥！上面有東西！有黑色的氣體！一條一條的、像蟲子一樣的東西！那黑黑的東西還想往我手上爬！」

林邵陽一邊說、一邊將元勳手中的符紙搶過，同樣丟在地上，還抬腳踩了兩下。

這話一出，錢蒼和石青露出滿意的笑容。

「小陽很不錯啊，靈覺很敏銳嘛！」錢蒼笑讚了句。

「看來你真是吃這行飯的，很有天賦。」石青也稱讚道。

靈覺並不是每個人都有的，就算鬼差可以修行，他們也修煉不出靈覺，頂多就是遇的事情多了，多出一種生死危機的感應罷了，但是靈覺可不僅僅只是面對危機時的警惕，它更是一種與生俱來的天賦。

錢蒼也有靈覺，他的靈覺可以觀人氣運，而石青雖然沒有靈覺，卻有嗅覺方面的天賦，可以聞出物品上所沾染到的鬼怪邪物氣息，進而進行追蹤。

錢蒼和石青互看一眼，默默打定主意，要是林邵陽的靈覺真的很好，那他們就向上提交申請，將他往精英的方向培養，不能浪費了他這樣的好天賦。

02

「這個平安符是假的，上面被加了陰氣和邪煞氣……」

元勳開始向林邵陽解釋平安符的狀況。

「你可以把邪氣、陰氣、穢氣、煞氣、魔氣這些聽起來就很不好的東西當成是一種負面能量，會給人帶來壞運氣，讓人身體敗壞、諸事不順的那種。」

擔心林邵陽聽不懂，元勳用了他能理解的話解釋。

「呃？所以這是會帶來厄運的平安符？」

林邵陽的目光茫然一瞬後，又立刻緊張起來。

「他為什麼要把這種東西給我們？他想要害我們？難道他發現我們在調查他了！那怎麼辦？要直接去抓人嗎？」

林邵陽的嘴像機關槍一樣，「噠噠噠」地問出一連串的問題。

「你想太多了。」錢蒼無奈的看著他。

這孩子靈覺敏銳，可是腦筋怎麼這麼「直」呢？都不會轉個彎，想一想！

錢蒼覺得自己很有口德，沒用「蠢」、「傻」、「呆」這樣的字彙形容。

「這樣才能證明高大師的厲害。」元動猜出對方的用意，「他給我們平安符，只要我們發生意外，肯定會覺得大師『算』得很準，幫我們避過災厄，我們肯定會去找他幫忙……」

「不對啊，他送我們這種東西，然後我們出了意外，難道不怕我們認為是他的問題，找他麻煩嗎？」林邵陽提出另一種常人會有的想法。

「前提是，我們知道是他在搞鬼。」元動回道：「我想，這平安符應該有某種特殊手段，會在我們『遇難』的時候出現變化，像是變成灰燼或是變色之類。」

「大動說得沒錯。」錢蒼點頭附和道：「這平安符在『使用』以後，字跡的部分會褪色，符紙的部分也會出現部分毀損，看起來就像是幫你擋了災一樣。」

元動接口說道：「想像一下，你並不知道這個平安符是不好的、會帶來厄運的，當你發生意外的時候，你還在埋怨自己倒楣，而後發現你帶在身上的平安符壞了，你會怎麼想？是不是覺得『平安符幫你擋災』了？是不是會慶幸自己有平安符保護？」

「……對。」林邵陽不得不點頭。

在不清楚這個平安符才是帶來厄運的原因的情況下，遭遇了意外，又發現平安符毀損，他確實會這麼想。

「那現在要怎麼辦？真的要把這東西帶在身上嗎？」林邵陽皺著眉頭詢問。

要是非要這樣才能引出幕後黑手，他會選擇自己佩戴，不讓動哥碰觸這個鬼東西。

在林邵陽看來，元勳就是軍師、智囊的人設，屬於文職人員，武力值比不上他，冒險的事情應該由他來做。

「當然不是，你怎麼會這麼想？」錢蒼頗感好笑地看著他。

「可是不戴的話，我們就不會倒楣，平安符就不會有變化，那我們要怎麼去聯繫那個大師？」林邵陽反問。

「如果這個平安符需要佩帶在身上才會觸發，我們有替身人偶可以擋災，不會真的讓你們去冒險。」一直保持沉默的石青開口解釋。

「原來是這樣，我還以為要讓人當誘餌。」林邵陽不好意思的撓撓頭。

「當誘餌是迫不得已的情況下才會這麼做，要是可以用替身人偶或是其他東西替代，我們都會選擇更加安全的方式。」錢蒼笑著說道。

「如果每次都要親身上陣，再多的陰差也不夠死。」石青調侃地笑道。

「是我想偏了。」林邵陽也是樂呵呵地笑了，「我還以為就跟警察辦案一樣，都要親自出馬呢！」

「這就是地府的優點了！」錢蒼回道：「陽世的警方辦案，只能用科技辦案，頂多就是在破不了案時請人通個靈，請死者上來問問，或是請算命師算算，我們陰間就不一樣了，陰間有科技、也有玄學技術，我們有替命符、替身人偶、紙人可以當誘餌，也有各種手段從其他方面進行探查，比陽世安全多了！」

「雖然我們的工作涉及各種危險，但是陰差的傷亡數比陽世的警察還要少。」石青附和道。

「原來是這樣，之前聽說陰差經常在招人，我就以為你們傷亡大，才會……」林邵陽有些不好意思的回道。

「我們陰差缺人，傷亡是一部分原因。」這是事實，錢蒼也不想說謊，「另一個原因是因為辦案時遇到凶狠的厲鬼或是邪魔，差點喪命，他們被嚇到、嚇怕了，不想再繼續這份工作……人家要走，我們總不好扣著人不放。」

「怕也是正常，畢竟都已經死過一次了，心裡對於死亡的恐懼會比沒有經歷過的人大，不然怎麼會有創傷後遺症這種東西？」

石青也不埋怨那些離職的人，反而還為他們解釋。

「成了鬼以後，要是又死了，那就是澈底的灰飛煙滅、魂飛魄散。」

能活著，誰都不想死。

沉悶的話題很快結束。

錢蒼拿出兩個替身人偶，上面貼了林邵陽和元勳的生辰八字，又將平安符帶在替身人偶身上。

「好了，接下來去找白姐，將這件事情跟白姐報告，申請成立調查案件，還要寫調查申請單，請資訊組同事幫忙調查嫌疑人的過往生平，這些都是必要的流程，大勳，你帶小陽走一遍流程……」

錢蒼將工作的概略流程跟林邵陽說了。

「如果是上面發下的任務，就不用跟隊長報告，也不用申請成立調查，也不用寫申請單，這些資料都會附在檔案中給你們。」石青補充道。

「對，跟白姐報告、申請案件成立和調查生平這些，是因為這個案件是我們自己發現的，不是上頭髮派給我們的，所以才要這麼做。」

錢蒼也注意到自己的說明有疏忽，連忙補充說明。

「謝謝錢哥、石哥的提醒，我會記住的。」林邵陽笑著道謝。

其實這些資訊在員工手冊上也有提到，錢蒼他們不說也行，但他們還是不厭其煩的再次叮囑，無疑是想對新人表達善意，這份心意讓林邵陽很感激。

林邵陽能夠立刻察覺到他們的好意並表達感謝，也讓錢蒼他們很滿意。

新組成的團隊都需要一段時間的磨合，每位隊員的性格都不同，要是遇上合不來的，一起共事的感覺真的很糟糕。

錢蒼和石青一直在暗中觀察林邵陽，目前對他的觀感挺不錯的，對前輩尊重，聽話，不會擅自行動，靈覺靈敏，身體素質好，是個戰士的好苗子。

元動就更不用說了，他原本就是外聘人員之一，跟錢蒼他們合作好幾次了，本身實力足夠，人也冷靜內斂、不張揚，很好相處，錢蒼他們早就想把人拉攏過來了。

03

幾人將這件事情報告給白晴後，白晴立刻通過這個新案件的申請，讓他們可以著手展開調查。

「我本來挑了幾個小任務要給你們練練手，沒想到你們自己找了任務。」

白晴笑著拍拍辦公桌上的幾個公文袋，裡頭裝著她原本要安排給他們的任務。

「白姐，既然是小任務，那就都給我們吧！」林邵陽笑嘻嘻地說道。

他打著「多做任務多賺錢」的想法，想要將白晴口中的任務都收下。

「呦？挺積極的嘛！不怕累？」白晴笑問。

「不怕！」林邵陽挺胸回道：「有錢能賺，再苦再累都不怕！」

「哈哈哈……」白晴被他坦率的話逗笑了。

「多做點任務，也能快點熟悉工作，小陽很喜歡這份差事。」元勳笑著給自家弟弟打圓場。

「行吧！這三個任務沒有時限，不著急，你們等忙完這個案件再做也行。」白晴挑了其中三份案件給他們。

「就三個啊……」林邵陽有些不滿足。

「謝謝白姐。」

元勳才將公文袋接過就聽到林邵陽這麼說，有些無奈的瞪他一眼。

林邵陽沒在職場上打滾過，有工作經驗的人都知道，不管上司給你的工作是多是少，都必須笑著將工作接過，不然要是遇上一個小心眼的，怕是會給你小鞋穿，處處刁難你。

「白姐，抱歉，我這弟弟不知道分寸，太貪心了……」元勳尷尬地打圓場。

「沒事，積極點是好事，我喜歡勤勞的人。」白晴不以為意的笑笑，又對林邵陽說道：「你要是想接多一點案子，那就快點把手上的工作忙完，我們的檔案庫裡面可是堆了幾十萬份的案件沒處理，夠你忙一輩子了！」

「真的？」

「真的！不過你處理案件的時候可別粗心大意，為了趕時間就隨便敷衍。」白晴面容一肅，冷聲說道：「這些案件完成後都會有專人負責審查，要是查出案件並沒有妥善完成，你們是會被處分的，錯漏太多、屢教不改的人還會被辭退。」

「白姐放心！我一定會好好做！」林邵陽連忙挺起胸膛保證。

「很好，我等著你們的表現。」白晴微笑著點頭。

林邵陽在元動的教導下，在電腦上敲打新案件調查申請書，而後將申請書傳到白晴的電子信箱。

「白姐蓋章同意後，申請書會被歸入檔案庫，還會傳一份副本給資訊組，讓他們調查相關情報。資訊組的效率很快，大概明天上班的時候，我們就可以得到嫌疑人的基本資料……」

元動向林邵陽說明著概略程序。

「如果想要進一步調查嫌疑人的人際往來，像是蔡老闆跟高大師認識的地點、原因、相處狀況，就要聯繫店小二讓他幫忙調查……」

「大動，把小陽加入大隊的『雁群』……」錢蒼插嘴說道。

「這麼快就加入大隊群了？」元動頗為意外。

一般來說，新人都要觀察一段時間，才會讓他加入大隊群，這是為了避免新人不適應工作，入群後又申請調職、離職，造成其他人困擾的安排。

「他是你推薦的人，你難道不放心？」錢蒼打趣道。

「我當然放心。」

元動隨即在手機上進行操作，邀請林邵陽進入大隊群。

「小陽，我們的小組是『七組』，入群後，把自己的暱稱改一改，在前面加個『七組』，這樣才好辨識……」石青提醒道。

「好。」

「白姐是『乙五隊』的隊長，我們的群就叫做『乙五群』。」

元勳向林邵陽介紹著大隊群的概況。

「白姐手底下有十個小組，第一組到第七組是戰鬥組，第八組是後勤組，有什麼需要的裝備或是對裝備上的建議都可以跟他們說；第九組是資訊組，負責情報收集和調查資料；第十組是秘書組，他們負責替白姐處理各項雜事、傳遞命令……」

白晴除了是隊長以外，還要負責「經紀人」這一身分的工作，陰、陽雙界的工作量都相當大，自然需要手下協助。

林邵陽加入鴻雁群後，在錢蒼的介紹中跟群裡頭的前輩們打招呼，群裡也刷了一堆歡迎的字樣，從目前的情況看來，團隊對他們這批新人是歡迎的。

林邵陽並不知道，在他們加入乙五群後，跟錢蒼交好的人在他們私下的小群聊了起來。

一組小刀：這麼快就讓新人加入大隊群？我記得他們才剛入組沒多久吧？

二組花聆：看來小錢子跟阿青很看好新人啊……

他們有個約定俗成的規矩，新人都需要經歷一段時間的觀察期，判斷新人會長久留下，才能被加入大隊群。

因為許多新人在訓練期間的表現都很不錯，但是真正出任務、遇到危險時就慌了手腳，表現差的會被退回訓練中心重新進行訓練，一些心態不好的新人甚至會哭著要轉部門。

前輩耗費時間和心力教導新人，隔幾天新人就退隊了，其實還挺打擊士氣的，而且大隊群進進退退的，也容易造成老成員在認人上的困擾，所以才會形成這樣的規矩。

當然啦！要是確定新人的心性不錯，還是可以破例讓他們提前加入的。

04

七組石青：我們組的新人很有天賦。

七組錢蒼：小陽和大動誤打誤撞的發現一樁新案件，兩個人配合著搞定嫌疑人、探聽到相關情報，並且接觸到疑犯的圈子，挺機靈的……

二組花聆：小錢子這麼激動，難道是大魚？

七組錢蒼：還不能確定，不過我覺得這魚應該不小！〔得意洋洋〕

四組鹹酥雞：新人的好運道啊，不知道我家的新人能不能撞好運？〔羨慕〕

一組小刀：我記得分去小錢子那組的，是這一屆的武狀元？聽鄭老說，這小子的腦筋雖然不靈活，學習力卻很強。

六組端硯：等等，腦筋不靈活，學習力怎麼會強？這不是互相矛盾嗎？

一組小刀：鄭老說，他在功課上的學習不好，教戰鬥的時候，理論知識也學的七零八落，可是他不懂理論、招式也背的亂七八糟，一旦上手打，他又會了！還能夠自己改招，讓招式變得更適合自己、殺傷力更大……

四組鹹酥雞：嘖嘖嘖！這小子根本就是吃戰鬥飯的啊！

一組小刀：大動也很強啊！之前我們隊長還想挖他呢！

四組鹹酥雞：聽說七組的新人是大動的弟弟？大動那麼優秀，弟弟肯定也不差！〔大拇指點贊〕

七組石青：小陽很乖，很聽話，也很努力，叫他背《陰差守則》，他就不斷背誦，現在已經將整本守則記下了！

二組花聆：你們七組的運氣也太好了！我們這組分來的三個新人都不行，基礎不好又自以為是，帶他們出差了一次，鬧出不少紕漏，被我們組長踢回去重練，結果他們還不服氣，說要申訴！呸！〔氣憤〕〔怒火〕

七組錢蒼：哎呀！運氣來了就是擋不住～～〔得意的笑〕

一組小刀：你也別得意，要是讓戰哥知道你收了一個戰鬥的好苗子，你看他會不會來跟你搶？〔挖鼻孔〕

被小刀稱為戰哥的人是一組的組長，人稱「戰鬥狂人」，最愛打架，也喜歡培育好苗子，要是被他知道七組有一個戰鬥好苗子，說他不搶是不可能的！

七組錢蒼：喂喂！我可警告你們啊！人是我七組的！你們又不是沒新人，別覬覦我家的！〔亮刀〕

二組花聆：那就要看你要塞多少封口費了。〔香火是萬能的〕

四組鹹酥雞：請客吃香！我要純正的香塔！〔敲碗〕

一組小刀：我攔不住我家老大，不管。〔挖鼻孔看戲〕

七組石青：……

七組錢蒼：總之，你們一定要保密！

【系統訊息：七組錢蒼給成員發紅包囉！】

二組花聆：謝謝錢大爺～～〔飛吻〕

四組鹹酥雞：呦！五千元耶！可以買好幾個香塔了！謝謝錢大大！

一組小刀：嘖嘖！能讓鐵公雞花大錢，看來七組的新人真是很好的好苗子啊！

七組錢蒼：收了我的錢，就是我的人了！〔緩緩抽出四十米長的大刀〕

二組花聆：懂！錢大爺放心！有錢就是大爺！我知道規矩的！

錢蒼在群裡威脅利誘一番後，開始盤算怎麼樣才能把林卲陽穩穩地留住。

對於這一切，林卲陽完全不知情，他跟元勳回到家、洗漱完畢後已經是深夜十二點多了，忙了一天的他，一躺上床就立刻睡著了，完全沒有心思想多餘的事情。

隔天早上，林卲陽和元勳早早就來到公司。

辦公室內沒有人，錢蒼跟石青都還沒來。

林卲陽將食物擺在桌上，打開電腦，正想上網瀏覽一下酆都雙界監管局網站，卻發現資訊組已經將蔡老闆等人的調查傳來。

他隨即打開檔案觀看內容。

【蔡洪鳴，男，四十三歲。
五年多前，跟前妻成立網路成衣店（資金全是前妻出資）。
蔡洪鳴的前妻很能幹，一手將網路成衣店經營的有聲有色，蔡洪鳴卻在公司創立三年後，跟助理葉麗娜搞外遇，並偷偷轉移公司資金。
一年後，前妻發現丈夫的出軌，提起離婚，並要讓蔡洪鳴淨身出戶。
蔡洪鳴不肯，在協議期間，前妻發生車禍意外，蔡洪鳴趁著前妻發生意外，無法管理公司，轉移公司的資產、貨源和人脈，帶著一票員工跳槽，成立新公司。】

【葉麗娜，女，二十八歲。
不出名的小模特，拍過各種清涼寫真照，偶爾也會在經紀人的牽線中，兼職陪酒工作，在一次酒席上跟蔡洪鳴認識，後來她成了蔡洪鳴的情人和助理。
跟高大師是舊識，經由她的引薦，蔡老闆才會認識高大師。】

【高士根，男，五十七歲。
三十歲以前是個普通的上班族，性格貪酒、好色、愛偷懶，因為對多位女同事性騷擾被投訴，最後被公司辭退。
離職後，高士根決定自行創業。
經營過炸雞排攤、手搖杯飲料店、服飾店、便利商店、便當店……都因為不善經營而倒閉。
志大才疏、眼高手低，總是認為他的失敗是因為上天不公，是因為他人的忌妒和陷害。

曾經有過兩次婚姻，每次事業失敗後都會酗酒家暴，兩任妻子都因為忍受不了他的脾氣而離開。

高土根在五十五歲時突然成為「大師」，自稱受到神明的灌頂加持而開竅，家中疑似供奉邪魔，目前已經擁有兩百三十五位信徒。

他遇見貌美女性便會要求跟對方「雙修」，對方要是不願意，他會下藥迷惑受害者，使受害者聽從。

葉麗娜是他的信徒之一。

與他接觸過的年輕女性和未成年少女，約莫有三十人失蹤，疑似被殺害。】

「……這個人，真是個人渣！」

看完高大師的資料，林邵陽只想狠狠揍對方一頓！

害人家庭破裂、出軌外遇、迷姦和誘姦婦女，甚至殺人！

「這種人就應該處以閹刑，然後再打死一萬次！」林邵陽氣憤的罵道。

「……」元勳看著資料沉默不語。

換成幾年前，他也會跟林邵陽一樣，恨不得宰殺了對方，只是經過幾年的歷練後，他的性格變得圓滑了，行事也偏愛綿裡藏針、鈍刀子割肉。

他發現，真要懲罰一個人，乾淨俐落的解決對方，反而不會讓他痛太久，唯有一樣一樣剝奪對方的最愛，一刀一刀的將他的心頭肉割下，那才會讓人撕心裂肺的疼。

元勳琢磨著該怎麼對這位高大師下手，好讓他嚐嚐那些受害者的痛苦！

第五章 還元湯

01

早上九點多，錢蒼和石青進入辦公室。

「早。」

「你們來的真早！」

兩人手上各提著一個保溫瓶，裡頭裝著他們喜歡的飲品。

「錢哥、石哥，疑犯的資料傳來了。」

「我知道，早上來的時候就看過了。」

錢蒼是組長，案件資料會自動傳一份到他的信箱裡頭。

「小陽的鴻雁帳號有跟公司內網綁定嗎？」石青問道：「要是綁定了，以後就可以直接透過手機查看訊息，不需要特地跑來公司。」

為了預防洩密，這些資料只會傳到公司內部網路，但要是鴻雁帳號跟公司內網綁定了，就可以通過鴻雁軟體查看所有資訊。

「沒有綁定。」

林邵陽轉頭看向元勳，等著他教學。

「我也沒綁定。」

元勳之前是外聘人員，用的是外聘人員專用網站。

「啊！我都忘了！」

錢蒼拍了下腦袋，才後知後覺地意識到狀況。

「跟大動太熟了，都忘記他跟你一樣，也是今年才正式加入。」

錢蒼一個步驟、一個步驟的教導，花了五分鐘的時間讓林邵陽和元動完成綁定步驟。

「呼！這驗證的程序也太多了！」林邵陽嚷嚷道：「又是要身分證、實習證、工作單位編號，還要指紋跟瞳膜！」

「畢竟是重要資料，當然會繁瑣一點。」錢蒼笑著解釋道：「要是不小心資料外流或是被盜用了，那可就麻煩了。」

林邵陽也瀏覽過公司內部的網頁，知道裡面的內容都是可以讓人懷疑世界的，像是：《某黑心食品商人下地獄報到，被送去畜生道當豬，被閹了又宰，重複輪迴一千次，真是普天同慶！》

《一堆人都選在某飯店自殺，其實是因為……》

《某知名女星養小鬼，吸食金主的氣運……》

《某知名男星拜狐仙，誘騙無數無知少女……》

《遊樂場真鬼屋在陽間大獲好評，地府接到大量加盟訂單，招募鬼屋員工五百名！名額有限，心動就快點行動！》

看著那些「知名人士」的所作所為，林邵陽都覺得自己三觀破裂了！

以前欣賞的清純女偶像、奮鬥型男星、某慈善大企業家等等，私底下竟然做了這樣那樣的事情！可真是讓人跌破眼鏡！

也幸好他們的內網不僅僅刊登這些負面新聞，正面的、良善的、有趣的新聞也不少，他被那些負面新聞嚇得覺得「人間是地獄，惡魔在人間」時，就會去看那些正能量新聞洗洗心靈，讓他相信世界還是有美好的一面，不能以偏概全。

「都看過資料了？那就來開個小會吧！」

錢蒼招呼眾人移動到長方形會議桌。

會議桌的正中央放著兩個稻草人偶，那是林邵陽和元勳的替身人偶。

就坐後，錢蒼在螢幕右下角按了一下，開啟螢幕，又調出右側的介面選單，將蔡老闆等人的調查報告顯示出來。

完成這些會議前的準備後，身為組長的錢蒼開始主持這場會議。

「現在我們有三個目標，高士根、蔡洪鳴和葉麗娜，你們打算怎麼開始調查？」

「當然是從高士根開始啊！」林邵陽理所當然的回道。

高士根是這一切的源頭，自是從他下手。

錢蒼頗為無奈的看著林邵陽，他當然知道要從高士根下手，這不是廢話嗎？他是在問他們「該用什麼手段和方式下手」！

「高士根貪酒、好色，而且應該也挺愛財的，我覺得我們可以從錢財方面下手……」元勳知道錢蒼問話的目的，開口回道。

錢蒼點點頭，又問林邵陽。

「你知道為什麼大動選擇利誘，而不是選擇酒跟色嗎？」

林邵陽撓撓頭，絞盡腦汁地想著元勳為什麼會這麼做。

「名酒太貴，花銷太大，而且每個人的喜好跟口味不同，有的人喜歡威士忌，有的人喜歡紅酒，有的人覺得啤酒喝起來最暢快……除非我們明確知道高士根的喜好，不然很難打動他，至於色……」

林邵陽看著元勳一眼，在對方的鼓勵下繼續說道。

「雖然這是最容易靠近對方的手段，但是勳哥應該是不想傷害無辜的人，也不想便宜了他……」

頓了頓，林邵陽又略顯遲疑的問：「公司應該會報消一切支出吧？不會有限額吧？」不會叫他們承擔全部費用吧？

聽出林邵陽的意思，錢蒼笑了。

「放心，不管開銷多大，公司全權支付！我們不缺錢！」

這話說得相當豪氣，也讓林邵陽很滿意。

畢竟這裡跟其他公司不一樣，其他公司就算沒辦好差事，也只是被辭退和賠償，而在澄光工作，他們就跟警察差不多，要面臨各種危險，要拿命去拼！

在這種情況下，要是公司還不肯在經濟方面寬裕一二，那真是說不過去。

「現在不清楚高土根跟他背後的邪魔有多大本事，如果他們沒辦法查到我們的背景的話，我覺得我可以裝成富二代，用錢引誘他們……」元勳說出自己的想法。

聽到元勳想當誘餌，林邵陽不樂意了。

「勳哥，高土根或許喜歡錢，可是他背後的邪魔會對錢感興趣嗎？」

他提出異議，想打消元勳的念頭。

「之前我們跟高土根吃飯的時候，我總覺得高土根看我們的眼神不對，像是在算計什麼，會不會除了錢以外，我們身上有什麼他更想要的東西？」

「這種說法也有可能。」錢蒼贊同的點頭，「一般邪魔、邪修、邪靈這種東西，想要的無非是能夠增加他們修為的東西，像是處子、童男童女、人命、信仰，或是有大氣運的人……」

「你們兩個，能符合條件的就是童子身、年輕氣盛的血氣和氣運了。」石青說道。

林邵陽度過死劫又成為鬼差，算是否極泰來，氣運大幅扭轉，原先不好的氣場都在他過死劫時消除了，目前處於氣運極盛的狀態。

而元勳本身的靈力極強，這些年從事陰差工作也積攢了不少功德，運勢同樣不弱。

02

「我覺得應該不是為了他們的童子身。」錢蒼笑得揶揄，「童子身屬性為陽，除了專修採陽補陰術的人，一般的邪物都會畏懼、避讓，不會主動親近。」

石青也笑了，「是啊，童子尿相當好用，用起來也方便。」

「可惜現在人的性觀念開放，年輕人開葷太早，想找到一個優質的童子身可不容易，之前聽說……」錢蒼搖頭說道。

「地府有鼓勵捐贈童子尿的活動。」石青又轉頭對林邵陽和元勳說道：「按照品質不同，捐贈一百毫升可以拿一百到五百元不等，你們可以考慮。」

「……前輩！」

被兩位前輩這麼取笑，林邵陽尷尬的羞紅了臉，元勳比他鎮定，臉上依舊是雲淡風輕的表情，只要他的耳朵不那麼紅，演技確實能將人騙過去。

「我說的是真的，不是調侃你們。」

石青在內網上搜尋出相關資訊，放到大螢幕讓他們觀看。

林邵陽看到第一行的標語，立刻反駁道：「這上面明明寫的是『還元湯』，不是童子尿。」

「童子尿的別名又稱為『輪迴酒』、『還元湯』。」錢蒼挑眉回道：「宣傳文件總是要寫的文雅一點，不然你一點開就看到一堆屎啊尿啊的，不覺得噁心嗎？」

「……是有點噁心，如果配上圖，那就更噁心了。」林邵陽認同的點頭。

「如果你要捐，有一點要注意。」見林邵陽似乎有些動心，石青連忙提醒道：「童子尿以早上晨起的第一泡尿最好，捐贈收的也是這個，其他時間的效用沒那麼好，不收。」

「嗯……」

林邵陽看著捐尿宣傳單上的「還元湯庫告急！」、「捐贈價格提高！品質優秀者可拿到兩千元！」等加粗加黑的文字，心底有些蠢蠢欲動。

「就算只是給一百元，這錢也不少了，畢竟只有一泡尿啊！」林邵陽低聲嘀咕。

「現在還元湯缺貨，要是你的品質好，價格可能會再上漲……」錢蒼笑著鼓勵道。

「可是童子尿不是要小孩子的尿才有用嗎？」林邵陽不解的詢問。

「你說的是藥用的童子尿，用來入口的東西，當然是小孩子的尿比較純淨。」錢蒼解釋道。

成年人的飲食結構複雜，身體的污垢雜質也多，自然以小孩子的童子尿為佳，再者，《本草綱目》這類醫書的成書時間是在古代，古代人十三、四歲就成親了，成年人自然就不可能有童子尿這種東西。

「我們要童子尿是為了驅邪，陽氣越重越好，小孩子的陽氣跟成年人的陽氣，你覺得哪個重？」

「以宗教的避邪立場來說，童子是指未破身的男性處子。」石青附和解釋，「驅邪用的童子尿以十八歲到二十五歲的品質為佳，因為這個時間段是身體成熟期，陽氣最重、氣血最旺盛。」

「想捐的話記得拿捐贈袋回去，廁所門口有捐贈箱，捐贈箱裡面有捐贈袋。」錢蒼笑著提出建議，「在收集袋上填妥名字和鬼差證號，早上收集完畢後，帶到公司來，放進男廁門口的捐贈箱，中午會有專人過來收取，錢會直接打入你的戶頭。」

「挺方便的嘛……」林邵陽點點頭，決定等一下就去拿袋子。

看見林邵陽三言兩語就被說服，甚至有行動的想法，元勳有些無奈，卻也沒有阻止。

小陽也不是小孩子了，他能為自己做出的選擇負責，再說了，這只是捐尿，又不是捐其他東西……

童子尿的話題到此告一段落，會議主題再度回歸。

「資料上說，被高土根弄失蹤的受害者都是女子，而且都是處子，這表示邪物一開始很虛弱，需要大量陰屬性能量滋補，而陰屬性補充到一定程度，可以讓邪物強大，對於陽屬性不再畏懼，甚至會開始吞噬陽屬性、也就是血氣方面的東西……」

錢蒼巴啦巴啦的說明一堆後，下了一個結論。

「我覺得高土根關注小陽和大勳，應該就是為了他們身上的旺盛血氣，或是氣運。」

「能夠吞噬血氣的邪物，相當於鬼王等級了。」石青皺著眉頭，暗暗提高這個案件的危險性。

陰間將需要對付的鬼怪分為：一般鬼怪、厲鬼、鬼王、邪魔和魔神幾個等級。

前兩個都是單槍匹馬的搞事，容易對付，到了鬼王等級就需要小心了，因為鬼王都是有手下的，而且它們掌控的範圍也不是一間房間、一棟建築物這樣的小地方，他們的地盤更大，社區、村莊、學校等等，生存在鬼王勢力範圍裡的人類都會受到鬼王的影響。

而比鬼王更高的階層，那就不是一個小組能應付的了，而是需要整個團隊配合，甚至是好幾個團隊聯手才行。

就在這時，放在辦公桌中央的稻草人偶突然晃動了一下，其中一隻的左手變得漆黑，掛在上面的平安符也變了顏色，另一隻還是完好如初。

「這麼快就有動作？」錢蒼挑眉笑了。

「看看是誰的？」

石青拿過稻草人偶，觀看上面的名字，錢蒼也探頭過去觀看。

「恭喜小陽得了第一特獎！」

錢蒼誇張的拍了幾下手。

「謝謝、謝謝。」

林邵陽抹著臉上不見蹤影的眼淚，做出誇張的喜極而泣表情。

「今天能夠獲得這個獎，我要感謝高大師、感謝邪魔、感謝各方妖魔鬼怪……」

其他人被他的耍寶逗得哈哈大笑，錢蒼還說林邵陽可以從助理轉職成網紅，肯定會很受歡迎。

說笑過後，話題重新回歸到稻草人偶身上。

「來，趁這機會，我教你們檢查替身人偶。」

錢蒼拿著稻草人偶，開始進行現場教學。

「替身人偶大概有三十幾個種類，材質有紙張、稻草、木製、布製、陶瓷……還有現在小女生很流行的那種ＢＪＤ娃娃，正式名稱是『球形關節人形（Ball Jointed Doll）』……」

「在同等級別下，人偶的製作材質跟製作手藝的精細度雖然有關連，不過差異不算太大，只是用途和承受力度大小的區別……」

「舉個例子來說，在同等品質下，紙人偶跟稻草人偶相比，稻草人偶肯定比紙人偶結實，承受詛咒的力度也較大，可是如果你要指揮稻草人偶行動，讓它去替你調查情報，那它肯定沒有紙人偶好用，因為稻草人偶的肢體僵硬、行動力緩慢，形體也容易被發現，稻草人偶單薄、輕飄飄的，行動速度跟隱匿方式都比稻草人偶優秀……」

紙人偶可以隨便躲在角落縫隙中，甚至可以貼在目標的衣服、背包、鞋底、書籍等處藏匿，稻草人偶就完全做不到這一點了。

「現在稻草人偶的左手變得漆黑，表示這隻手是骨折這類的內傷，如果是紅色，那就是流血的皮肉傷，如果是整隻手斷掉，那就是殘疾……」

03

「高士根會知道我出了什麼意外嗎？」林邵陽看著替身問道：「他會知道我是車禍、摔傷還是被重物砸傷嗎？」

錢蒼笑了，「這符只是低等符，沒那麼厲害，它就是聚集惡氣讓你的運勢低落，從而出現意外，操控不了太精細。」

「高等符就能指定意外的傷害甚至是死法？」林邵陽敏銳地抓到關鍵點。

「對，高等符還能針對細節進行設計，要你得到胃癌就不會有腦癌或肝癌，要你半身不遂，那就真的只有半身能動。」錢蒼介紹著邪修、邪魔常用的高級手段，「不只是符籙，詛咒、巫蠱、降頭等等，都能辦到。」

「真可怕……」林邵陽咋舌說道：「這種手段，就算人被害了也查不出來是誰做得。」

「確實不好查。」提起此事，石青也沉下臉色，「邪修的隱密手段相當高明，一旦過了時效或是沒在某個契機察覺到異狀，就會被他們逃脫。」

「被盯上的人能夠更換嗎？」元勳不希望林邵陽當這個誘餌。

「勳哥，放心吧！我不會有事的。」林邵陽笑嘻嘻的回道：「我修煉了陰差抓鬼的術法，還有陰差專用武器……」

「你會的那些我也會，還比你強！」元勳吐槽道。

「但、但是我打架比你行！」林邵陽不想被元勳看輕，努力找著自己的「優點」。

「行了，從今天開始，小陽跟著我訓練。」

石青打算進一步鍛鍊林邵陽，加強他的戰鬥能力。

「謝謝石哥！」

「臨時抱佛腳？」元勳面露無奈。

「別急，現在主動權在我們手上。」錢蒼笑著拍拍元勳的肩膀，安撫道：「高土根出手了，現在應該在等小陽聯繫他，小陽可以藉著養傷的名義拖點時間，等一切準備萬全、做好圈套了我們再行動……」

「嗯。」元勳點頭。

十多天過去，林邵陽依舊沒有聯繫高士根，這讓高士根有些疑惑。

他很確定那符咒生效了，按照他以往的經驗，通常出意外的第二天、第三天，當事者就會緊張的聯絡他，激動的向他道謝，並且從他手上購買更多平安符，還會請他算命、轉運、開壇消災祈福等等。

怎麼這個林邵陽完全沒有反應？

也許林邵陽心大、神經粗，並沒有聯想到平安符跟意外的關聯性，所以高士根在五天前激發了元勳的符咒，讓他同樣也出了「意外」，而且傷的比林邵陽還重，斷手斷腳，要休養好幾個月的那種。

兩人接連出事，再怎麼心大，也該會有其他想法了吧？

應該會覺得自己倒楣，運氣不好，會想要找高人、道士消災解厄了吧？

高士根耐著性子又等了兩天，卻還是沒等到他們的聯繫，他決定不再等了！

天尊已經等的不耐煩，開始催促他了，要是他再不快點把人送到天尊面前，到時就會被天尊懲罰！

回想起曾經遭受過的痛苦，高士根不自覺地打了個寒顫。

他也不是沒有找過其他供品，但是找來找去都沒有比林邵陽和元勳更好的人選，而且在他遇到林邵陽和元勳時，他就已經興奮的稟告天尊，說他找到了「極品供品」給祂，要是他沒能實現承諾，天尊肯定不會饒過他。

念及此，高土根聯繫了蔡老闆，說他「感知」到他給林邵陽和元勳的平安符似乎啟動了，他擔心林邵陽和元勳的安危，想知道他們的現狀。

——為什麼他不直接聯繫林邵陽和元勳？

因為高土根還是想擺擺「大師」的架子，讓林邵陽和元勳「求」上門，而不是由他這方主動「幫忙」。

蔡老闆雖然滿頭霧水，卻還是幫著聯繫了。

接到電話的元勳便按照之前討論的說法，跟蔡老闆抱怨他跟小陽最近的「倒楣」事蹟，說小陽摔斷了手，說他自己出車禍，手腳都受傷，需要養傷幾個月，原本談好的工作都停了，過得有點慘……

蔡老闆立刻想起高大師讓他聯繫的話，立刻跟元勳稱讚了高大師的「神機妙算」，又提到高大師很擔心他們的安危，熱情地建議他們聯繫高大師，看看能不能替他們化解？

元勳自是滿口答應，在掛斷電話後，又立刻打電話給高土根，跟他胡扯了一堆最近的不順利和霉運，還用後知後覺的口吻誇讚高土根的平安符很好，保了他們平安……

高大師附和了幾句，又欲言又止的說他們是沾到「髒東西」，那「髒東西」不除，他們身上的災厄就不會消散，而且還會慢慢擴大，傷及他們的親友。

元勳一聽，自然是緊張地向高大師求救，希望高大師能幫忙化解，又說只要能消災解厄，不管花多少錢他都沒問題，話中隱約透出他其實也有點錢的意思。

高土根便說他願意替他們開壇作法，將他們的霉運消除。

雙方約定了時間、地點後，便掛斷了電話。

「可以行動了。」元勳對錢蒼等人說道。

剛才他是開著擴音跟高土根對話的，錢蒼他們自然也將對話聽完了。

「小陽也練的差不多了，正好可以拿他試手。」石青點頭說道。

「裝備記得帶齊，出發前再重新檢查一遍。」錢蒼再三叮囑道：「尤其是通訊器和監控設備，一定要確定它的運作正常，多帶幾個備用……」

在林邵陽和元勳跟高土根接觸時，錢蒼和石青會埋伏在外面，經由元勳他們藏在身上的通訊器跟監控設備了解現場情況。

04

高土根跟他們約定的地點是一處歷史悠久的住宅老區，這裡的樓房看起來有五、六十年以上的歷史，有的甚至已經破敗不堪、人去樓空，還有一部分的房子已經被拆除，變成了工地，正在建造新建築。

在得知地點時，錢蒼就聯繫資訊員店小二，讓他將這個區域的概況查清。

這個老區的住戶有一半的人都搬離了，餘下的居民都是年邁的老人，年輕人都在外地工作，很少回來。

因為房租便宜，一些收入不高的人會在這裡租房，部分遊民也在這裡暫居。

約莫十年前，某建築公司打算在這裡建設工廠，收購了部分樓房，在進行拆遷時，發生了工地意外，死傷了十幾個人，這個新聞被建築公司拿錢壓了下去。

這場意外平息後，工地又開始施工，但是意外卻又接二連三的出現，後來連建築公司的營運也出了問題，資金斷鏈，無法週轉，最後宣告破產。

那塊工地無人接手，就這麼廢棄了下來。

在那之後，工地還陸陸續續傳出靈異傳聞，有人在深夜經過工地時，見到蒼白的鬼影和鬼火；有人在靠近這裡時覺得全身發冷，還聽見了許多人的哭號聲；還有網紅跑來這裡拍照，回家後聽說一病不起……

這些傳聞都是店小二從檔案庫裡調出來的。

工地發生意外時，就有陰差來這裡探查過，當時只查到這裡有煞氣聚集，並無其他異常發生，陰差們將煞氣消除後就結案了。

現在高土根竟然將見面地點安排在這裡，這讓錢蒼和石青不免慎重起來。

是巧合還是另有隱密？

要是邪魔跟工地意外有關，兩者又有什麼關聯？

是那次的煞氣沒有消除乾淨？或是陰差沒有調查仔細？又或者是陰差結案後，這裡又發生了什麼變化？

「你們警醒一點，察覺到不對勁就立刻打暗號。」錢蒼叮囑道。

「好。」

林邵陽和元勳按照地址走向目的地，而車上的錢蒼和石青則是假裝離開，將車子開到別處藏著。

高土根跟他們約的地點是一棟五層樓的老樓房，樓房的牆壁斑駁，連最外面的鐵門都生鏽了，完全關不上。

現在是晚上九點多，外頭的街上昏暗而寂靜，只有零星幾戶住家的窗口有燈光照亮。

打開鐵門，進入老樓房後，首先見到的就是樓梯。

樓梯是水泥糊的，邊角有些缺口，樓梯扶手是鐵製的，好幾根鐵欄杆都已經斷裂，搖搖晃晃地，看上去很不牢靠。

兄弟倆小心翼翼地沿著樓梯上行，鑲嵌在牆上的照明燈光昏暗，有一段路甚至完全是黑暗的，讓元勳他們不得不拿出手機照明。

「這裡根本是危樓吧？連樓梯的電燈都壞了……」林邵陽忍不住嘀咕，「高大師怎麼會住在這種地方？」

「等到了頂樓，你再問他。」元勳隨口回道。

經過調查，他們早就知道高士根有兩處住所，一處位於高級住宅區、一處就是這裡。在他成為大師以前，他曾經窮困潦倒過，當時身上沒多少錢的他，就租了這裡的廉價房，後來成為大師後，他立刻搬離了這裡，但是原先租賃的房間依舊留著，沒有退租。

等到高士根有錢後，他買下了這裡的五樓連同頂樓。

林邵陽跟元勳的對話，是因為擔心對方正在監控他們，故意說給那位大師聽的。

頂樓陽台加蓋著一間鐵皮屋頂的違建房，大門是敞開的，裡面擺了一個神壇和幾個團圃。

神壇上供奉著一尊三眼四臂的雕像，桌上擺放著鮮花供果、蠟燭檀香以及幾種看起來像法器的東西。

林邵陽和元勳跟高大師打過招呼後，裝作好奇地來到神壇前，讓偽裝成領帶夾的微型監控設備將神壇拍攝下來，待在車裡的錢蒼和石青也能透過直播頻道看見。

見到那座神像時，林邵陽隱約看見泛著血紅色的黑氣浮現，給他一種很不好、渾身發冷的感覺，讓他很想立刻砸毀祂。

林邵陽忍耐著轉移目光，不讓自己顯露出異樣。

「這就是大師拜的神啊？看起來真特別，是哪個宗教的神明啊？」元勳佯裝好奇地詢問。

「這是大歸元無上大天尊，天尊的神職位於天庭之上，三十三天外，統領整個宇宙的神佛……」高土根已經習慣這樣的問題，回答的相當俐落流暢。

「現在的佛教、道教、密宗、儒教這些，其實都是歸大歸元無上大天尊管，祂是最上位的神明……」

聽完這位大歸元無上大天尊的故事，林邵陽張口結舌，很想吐槽一句「你這故事也編的太誇張了！」

而元勳則是拿出他的演技，用四分驚嘆、三分崇拜、兩分恭敬、一分羨慕地表情，不斷點頭附和著高土根。

用商業吹捧的手段熱場後，他們終於進入正題。

「請問大師，我跟小陽該怎麼去除厄運？」元勳問道。

「在你們來之前，我已經夜觀星象，今晚十點十五分是開法壇的好時機……」高大師做出胸有成竹的模樣。

「在這裡開法壇嗎？」林邵陽訝異的問。

「這樣不會吵到其他鄰居嗎？要是他們跑上來干擾法事怎麼辦？」元勳也跟著詢問。

「不會，那些人都搬走了。」高士根回道。

「這裡只有大師住？大師，你怎麼不挑個好點的地方住？」林邵陽露出「你怎麼會住在這麼破爛的地方」的表情。

「我平常不住在這裡。」高士根為自己解釋，「我買下這裡是因為這裡是靈地，適合擺神壇、奉養神尊，在這裡打坐修持的效果最好……」

「原來是這樣。」

「現在離開壇還有一點時間，你們先在天尊前面打坐，跟天尊祈求，請天尊幫你們消災解厄，我先去準備開壇要用的東西……」

高士根吩咐完畢後，就逕自走出房屋，並將大門關上。

「勳哥，我們把要供奉的東西拿出來吧！」林邵陽朝元勳眨眨眼。

他們身上都背了斜背包，裡頭裝著各種裝備。

兩人背著神像取出東西，林邵陽突然覺得身後有一股寒氣襲來，靈覺感應叫囂著危險。

他下意識地轉身，將瓶子裡的液體朝神像潑去。

「啊啊啊啊……」

尖銳又沙啞的嚎叫聲從神像的位置傳出，神像身上冒出了大量紅黑色煙氣，一張模糊而猙獰的臉在霧氣中顯現。

那臉像是好幾張人臉拼成，幾對眼睛、幾張嘴巴，發出的聲音也是男女老少都有。

伴隨著憤怒、驚疑、激動、痛楚等吼叫聲，煙霧般的形體也隨之扭動，張牙舞爪地，活像是要吞人一樣！

「動哥！退後！」

林邵陽擋在元勳前方，手上的黑色短棍一甩，棍身瞬間節節伸長，變成一根手臂長的長棍。

林邵陽揮舞著棍子朝邪靈打去，他也沒有什麼步驟招式，反正就是狠狠揮擊，把黑影往死裡打。

石青就是這麼教他的。

石青說，他們講求的是「最有效的攻擊」，要做到這一點，要把基礎的劈、砍、刺等動作學好，學會用最節省的力道發揮出最重、最快、最靈巧的攻擊，那就成功了。

被林邵陽護在後方的元勳也沒閒著，他拿出符籙槍，快速朝四周牆壁、天花板、地板和大門都開了一槍，擊射出的符籙子彈碰觸到牆面等物體時，會自動黏上並展開，將現場封鎖起來。

邪靈似乎是被林邵陽潑出的童子尿影響，對於林邵陽的攻擊毫無反擊之力，它被打散了又重聚、打散了又重聚，幾次下來，邪靈的體積已經縮短一半，原本濃稠似水的形體也變得淡薄。

邪靈憤怒又驚恐地嗷嗷叫著，它想逃，但是房間已經被元勳用符籙封鎖，無法離開。

05

「嗷嗷！高土根！高土根……」

邪靈不斷叫喚著高土根的名，希望他來幫助自己。

「叫什麼叫！叫魂啊？」

林邵陽高舉長棍，準備給它最後一擊。

就在這時，大門被打開了，聽到動靜的高士根快步出現在門口。
「你們在做什麼……天尊！」
見到邪靈的模樣，高士根大驚失色。
「天尊怎麼了？天……」
沒等他進屋詢問，邪靈趁機衝向大門，直接穿過高士根的身體，狼狽地逃跑。
遭受到邪靈的衝擊，高士根臉色鐵青的倒下，生死不明。
「靠！」
林邵陽著急敗壞的罵了一聲，顧不上高士根的情況，快步追了出去。
「錢哥、石哥，它跑了！」
元勳向錢蒼他們喊了一聲，也跟著追上。
『我跟石青正在追！它往工地的方向跑了……』
錢蒼的回應自隱藏式耳機傳出。
「好，我們盡快趕過去！」元勳回道。
雖然他也很想要立刻抵達現場，可是他現在可是在五樓樓頂！他要先跑下五層樓，然後穿過兩、三條街（還要保證沒有迷路），大概跑個一公里左右，才會抵達那處廢棄的工地。
對於一個不怎麼喜歡鍛鍊，自認屬性是法系陰差的人來說，這樓梯實在是太不友好了！
當元勳氣喘吁吁地跑出公寓時，先他一步的林邵陽已經跑得不見蹤影，也不曉得是已經跑到工地附近了，還是跑得迷路了。
「這小陽……就不知道等等我嗎？」

元動咬咬牙，用手機進行定位搜尋，朝著工地的方向跑去。

當元動抵達工地時，現場的戰鬥也已經快到收尾了。

主戰的是石青和錢蒼，林邵陽在旁邊晃來晃去，一副想加入戰鬥又怕干擾的模樣。

石青拿著棍子，俐落地擊打邪靈，姿態帥氣極了。

而錢蒼則是拿著符籙槍封鎖四周，不讓邪靈二度逃跑，並在邪靈有逃匿跡象時對它開上幾槍，把它逼回石青面前。

「嘎嘎嘎啊啊啊……」

邪靈發出一聲爆吼，放出召喚小弟大招。

空曠又殘破的水泥建築物冒出了大量黑霧，霧中有著無數張扭曲猙獰的臉孔，男女老少都有，它們都是被邪靈吞噬的冤魂。

邪靈呼喚它們過來，並不是要讓它們助陣，而是要吸收它們，強化自己。

在黑霧與邪靈融合時，石青拿出法網朝邪靈拋去。

法網是用浸染了朱砂的紅繩製成，上面綁著許多符籙，符籙的功效有禁錮、淨化和超度的作用。

「大動！準備超度冤魂！」

錢蒼從外套口袋中拿出一疊佛經朝邪靈拋去。

佛經是經折裝，不是一般的裝訂本。

佛經在半空中展開成條狀，將黑霧纏繞圈禁，上面的經文發著微微的金光。

元動立刻拿出佛珠項鍊，念起了《往生咒》。

在咒語與經文的淨化中，黑霧逐漸消散，那些被邪靈束縛的冤魂一個個脫離，變成灰白色的半透明靈體狀態。

「大家請過來這邊，不要靠近邪靈……」

林邵陽按照《陰差手冊》的教導，拿出引魂燈——巴掌大小，形似復古風燈的物品——將亡魂引到旁邊，不讓它們干擾戰鬥。

「嗷嗷啊啊啊……」

邪靈氣急敗壞的發出吼叫和咆嘯，最終依舊無功而返，被消滅殆盡。

「好了，現在大家登記一下身分資料，我們才能報警處理。」

錢蒼等人拿出手機，開始逐一登記亡魂的資訊。

「這、這位先生，我們能回家一趟嗎？」少女亡魂忐忑地問道。

這話一出，其餘的亡魂也都有了反應。

「嗚嗚……媽媽，我想回家……」年紀尚小的孩童靈魂開始哭鬧。

「我出門之前還跟我爸媽吵了一架，我、我想跟他們說一聲對不起……」

「我的孩子還小，我老公又不會照顧孩子，以後我的孩子要怎麼辦？」

「都是我婆婆的錯！要不是她一直刁難我，說我不能生，又叫我老公跟我離婚娶別人，我也不會找上那個該死的大師！」

心懷怨氣的亡靈，灰白色的靈體逐漸轉紅，有朝著厲鬼轉變的趨勢。

「冷靜點。」錢蒼動作迅速的貼了一張靜心符上去。

女子身上的血紅色立刻停止蔓延，變成衣袖、裙襬、髮尾和眼睛是紅色，其餘部分依舊是灰白色的狀態。

「各位，誰都不想發生這樣的事情，只是既然事情都已經發生了，我們還是要向前看。」

錢蒼熟練且冷靜地勸告著。

「其實現在地府建設的很不錯，陽間有的東西地府都有，電腦、電視、手機、網路……你們就當成自己換了個地方生活吧！」

「那我的孩子……」

「我家人……」

「想跟家人聯繫，我們也有託夢的服務，你們只要讓陽世親屬多燒點金紙給你們，在地府的生活肯定過得比陽間舒服！」

「真的有你說的那麼好？」

「真的！我發誓！」錢蒼舉手做出發誓狀。

「我現在沒錢，這樣還能託夢嗎？」

「像你們這樣的受害者，在你們到地府登記後，會有一次回家探望的機會，就像是頭七回家一樣……」

「真要像你說得那麼好，那我當然願意去。」先前差點變成厲鬼的女子撥了撥頭髮，冷笑道：「老娘為他們一家子操勞大半輩子，從來沒有享過福，以前總是想著再忍忍，只要我能夠懷孕就好，誰知道……呵！」

女子笑得淒涼，靈魂隱隱波動，但在靜心符的作用下，女子並沒有繼續向厲鬼轉化的趨勢。

林邵陽看不下去，開口說道：「這位大姐，生不出孩子是夫妻兩人的問題，不應該由妳一個人承擔，而且聽妳說的話，妳婆婆刁難妳的時候，你丈夫也沒有幫你，甚至有出軌傾向，這樣的丈夫，妳還要他幹嘛啊？」

「我也想離婚，可是他在我爸媽面前表現的很好，我一提要離婚，我家裡的人都以為是我的錯，都叫我要忍忍……」女子掩面哭了起來。

「妳……哎呦！」

林邵陽的後腦杓挨了一記，回頭望去，元勳正不高興地瞪著他。

被元勳這麼一瞪，林邵陽縮了縮脖子，原先的怒火瞬間消散。

「勳哥，你幹嘛打我啊？」他小聲的詢問。

「不要亂說話，小心出問題！」元勳隱晦的說道。

按照他過往的經驗，像這種家庭糾紛最是麻煩，要是勸說的好，可以讓對方放下心結，那當然是好事，可是大多數像女子這樣的情況，她們很容易因為鑽牛角尖，而變成厲鬼去屠殺她的丈夫和公婆，屆時就會出大問題了！

「……」雖然不明白內情，但林邵陽還是乖乖聽話，不再多說。

安撫眾魂後，錢蒼讓店小二開通通往地府的直達通道，確保這群亡靈會被直接送到地府，不會中途迷路或是跑走。

他們高興地向林邵陽等人鞠躬，開開心心的離開了。

第六章 《靈異追追追！》

01

送走了亡靈，林邵陽看著空蕩蕩的工地，頗為鬱悶撓撓頭。

「這樣就完了啊，我都沒打到……」

他跑到這裡時，錢蒼和石青已經跟邪靈打起來了，混戰中他也插不上手，只能站在一旁戒備。

錢蒼看他這副模樣，樂了。

「你在五樓的時候，不是已經跟它打過一場了嗎？」

「可是還是被它跑了啊，我以為我可以幹掉它的……」林邵陽沮喪的回道。

這是他的第一個案子，自然是希望邪靈能夠敗在他的手下，將這個案子做一個完美的結尾。

「沮喪什麼呢？」石青笑道：「這個邪靈能夠這麼快解決，還要多虧你……」

「是啊，要是你一開始沒有往它身上潑童子尿，又把它揍了一頓，將它身上的血煞氣打散，它也不會被重創，我們也沒辦法解決的那麼順利……」錢蒼也同樣稱讚道。

被兩位前輩誇獎，林邵陽那點小鬱悶也沒了。

「我有個小問題……」林邵陽舉手發問，「我們應該是道教吧？怎麼會用佛教的經文？」

「現在的宗教已經沒有明顯區隔了，儒道釋不分家。」錢蒼笑道：「而且地府也有佛教，地藏王菩薩也是職掌地獄的。」

「超度的經文道教和佛教都有。」元勳解釋道：「不過因為大家比較常聽到的是佛教的《往生咒》，使用大眾熟悉的咒語，願力會比較強，效果也比較好。」

「如果不是擔心傷害到冤魂，也可以物理超度邪靈。」石青插嘴說道。

所謂的物理超度就是暴力消滅邪靈。

邪靈解決了，接下來就是做最後的善後了。

「勳哥，這裡測出不正常的能量波動……」

林邵陽拿著偵測儀器，面色嚴肅的走向錢蒼。

他剛才按照結案步驟，拿著偵測儀器在周圍檢測了一遍，要是儀器正常，沒有發出警戒聲，那就表示邪靈完全消失，這裡的磁場也沒有受到影響，不會有異常發生，但要是有發出警戒聲，就表示這裡需要進一步的善後動作，像是偵查現場還有沒有其他邪物，確定邪靈是否澈底被消滅，檢查現場環境是不是受到邪靈的影響，產生異常能量磁場……

現在偵測儀器發出警示的「嗶嗶」聲，並閃爍著橙色的光芒，這表示它偵測到異常的磁場，需要進行磁場淨化和消除。

元勳看了一眼儀器上的數值顯示，對林邵陽說道：「你開一下透視掃描，看看地底下或是牆壁裡有沒有東西？」

「好。」

林邵陽按下幾個按鍵，將磁場偵測轉成透視掃描。

這一掃，還真的在地底下有了發現。

「勳哥，地下有東西，看起來像有好多東西疊在一起……」

掃描的影像只是一個光影輪廓，林邵陽分辨不出堆疊的物品是什麼。

「下面應該是受害者的屍體。」一旁聽著他們對話的錢蒼插嘴說道。

「屍體？要挖開嗎？可是我們沒有帶工具……」

林邵陽皺著眉頭環顧四周，想要找尋適合的挖掘工具。

「用棍子或木板挖嗎？要是把屍體戳壞了怎麼辦？死者會生氣的吧？」

他苦惱的撓撓頭，甚至想著要不就戴著手套，用手挖？

錢蒼看著他的反應，笑了。

「報警吧！讓警察來處理。」

警察很快就來了，一共來了兩輛警車。

錢蒼他們跟警方有合作，來的自然也是專門處理這種特殊案件的警察。

領頭的是一名五十歲左右的老警察，名叫趙德海。

見到錢蒼時，趙德海笑嘻嘻的跟他打招呼，親暱的像是見到兄弟一樣。

「錢哥，什麼情況？」

一個五十歲的中年人竟然對一個看起來不到三十的青年喊「哥」？

這種情況實在是相當詭異，跟著趙德海一同過來的警察們，有人面色自然、習以為常，也有年輕的小員警像林邵陽一樣，露出怪異神色。

「我們發現有人利用宗教名義斂財、詐騙和殺人，犯人名叫高士根……」錢蒼向趙德海簡單地說明經過，但略過了邪靈的事情。

「準備結案時發現這底下有東西，我們沒帶工具，要麻煩你們挖一下，還有處理後續的情況……對了，高士根現在應該還暈著，剛才沒顧到他，你們派人去看一下，大勳，你帶他們過去看看。」

「好。」

元勳帶著兩名警察離開。

「小陽，你也去幫忙挖。」

「好！」

林邵陽拿著鏟子，跟著另外幾名警察挖掘地面。

「錢哥、石哥，你們又帶新人啦？」趙德海拿出香煙，給了錢蒼和石青一根。

「是啊，這是他們第一個任務，完成得很順利。」錢蒼簡單而隱晦地介紹道。

「這個案件還是他們發現的……」石青也稱讚了一句。

「新手的好運氣嗎？」趙德海瞇著眼睛笑道。

當警察的，見到的各種離奇事多了，多少都會有一點迷信。

新手運這種東西其實挺飄渺的，說它不存在，但確實又有這樣的情況存在，就拿趙德海本身的經歷來說，他也是屬於有新手運的那種人。

剛入職就跟著前輩誤打誤撞地偵破了一樁跟靈異有關的大案，而後又意外接觸了各種靈異案件，次數一多，他就被指派成為接觸這類案件的專員，後來又一路晉升，成為現在的特案組組長。

趙德海多次感慨，他的人生可真是「太幸運」了！幾乎什麼牛鬼蛇神他都遇過！

不過新手運這種事情也要看人，對有能力的人來說，這是訓練的好機會，對他有益的好運氣；對沒有能力的人來說，這就成了一道道難關，是極為倒楣的壞運氣。

警察圈子中，遇到靈異案件的人不少，幾乎每位警察都有過幾次遭遇，可是能夠跟趙德海一樣把握住機會的人不多，更多的人對這種事情是避之唯恐不及，恨不得這種案件別找上他。

趙德海本身是個膽子大的，而他的親戚也有從事乩童、靈媒的工作，所以他對於這些並不排斥。

「挖到了！」林邵陽發出驚喜的喊聲，「錢哥、石哥，挖到屍體了！你們快來看！有好多啊！」

他激動的朝錢蒼等人揮手，那模樣就像是挖到寶貝，想要跟朋友分享一樣。

趙德海看著朝這邊揮手的高個子，咧了咧嘴。

「你們這新人……挺特別的啊！」

挖到屍體非但不害怕，反而露出像是「挖到寶」的表情，這神經可真不是一般大條。

「他就是一個傻大膽！」錢蒼雙手交疊胸前，給林邵陽下了個非常精準的評價。

他讓林邵陽挖屍體是想要訓練他的膽量，讓他能夠逐漸習慣屍體，沒想到這小子心大得很，完全不怕的！

石青摸了摸下巴，朝林邵陽喊了回去，「小陽，你穿上防護衣，把屍體抱出來，小心點，別弄壞了！」

「喔！好。」林邵陽應了一聲，也沒有抗拒，乖乖地按照指示行動。

屍體的樣貌並不正常，像是被吸乾血液的乾屍，皮膚跟五官都皺在一起，肢體僵硬如柴，這種情況反而有利林邵陽的「撿屍行動」，至少他不用擔心他在拉起或是抱起屍體時，會突然肢體斷裂，血水和髒污流出，噴濺他一臉，也不用擔心屍臭味會把他燻吐。

看著將一具又一具屍體抱出，動作相當利索的林邵陽，石青滿意的點頭。

許多新人都卡在面對屍體的這一關，林邵陽能夠不害怕面對屍體，未來的路會更好走。

事後，石青也問了他，「為什麼不害怕？」

林邵陽的回答是，「一想到他們是被人害成這樣的，我就不怕了。我們是在幫他們討回公道，入土為安。」

後續的事件交由警方處理，過沒幾天，就有《黑心神棍斂財、騙色又殺人，謀殺了二十七人》的新聞出現。

暈倒的高土根並沒有死。

急著逃跑的邪靈只是從他身上汲取了部分生命力，讓他變得更加衰老和虛弱，但並不致死。

經過審判，他被判了死刑，在陽間執行槍決後，陰間還有一堆刑罰等待著他，刀山火海，抽筋剝皮，油鍋烹煮……等地府的酷刑受完，還要投入畜生道，世世任人烹煮宰殺，永不可再世為人。

而葉麗娜也以幫凶的身分被高土根攀咬出來，高土根說，被他獻祭給天尊的那些年輕女性，有一大半都是葉麗娜找來的。

他說葉麗娜忌妒那些女生，只要是長得比她好看、家世比她好或是才華比她優秀的同學，她就會想辦法跟她們交上朋友，將她們帶到高土根的住處迷昏，獻祭給天尊。

葉麗娜還跟天尊許願，說她願意幫天尊找來許多年輕女性，只希望天尊能讓她變得更加年輕漂亮、更加有錢！

雖然葉麗娜的行為令人髮指，但是因為她請來律師為自己辯駁，又有部分證據不足，最後只被判了七年的有期徒刑。

而蔡老闆雖然在這樁案件中是「受害者」，但是他對員工下藥的情況也被爆料出來，職員氣憤的辭職，並對他提告。

只是這種用符籙控制人的情況，在法律上很難定奪，而且受害者的身體並沒有任何異常，實在難以給予懲罰。

最後法官只判蔡老闆賠償每位受害者精神損失各十五萬元。

受害員工氣不過，將這件事情在網路上宣揚開來，蔡老闆的生意因此一落千丈，負債累累。

事件到此還沒結束，蔡老闆的前妻跳了出來，控告蔡老闆和葉麗娜「謀財害命」，說她遭遇的車禍意外是他們兩個做的！

這消息一出，所有關注案情的人一陣嘩然，案件也進入了檢調程序。

可惜，前妻掌握的罪證不足，蔡老闆和葉麗娜最終無罪釋放。

02

「嗚嗚嗚我不甘心，我家裡窮又怎麼樣？我沒有爸爸媽媽又怎麼樣？關他們什麼事？憑什麼他們這麼欺負我？」

被校園霸凌而死的女學生悽慘的哭泣。

在天台的一角，那些霸凌她的人都被女學生抓了過來，瑟瑟發抖地縮成一團，全都陷入惡夢之中。

「他們霸凌同學是他們不對，不過妳要是殺死他們，妳就會變成厲鬼，沒辦法投胎了……」林邵陽苦口婆心地勸道。

他雖然也瞧不起這些校園霸凌的人渣，但是他也不希望讓被欺負的女學生就這麼成了厲鬼。

「那又怎麼樣！我一條命抵他們七條命，夠了！」女學生握緊拳頭，恨恨的說道。

只要能報復這些人渣，她不後悔！

「妳要是想報復，可以讓他們在網路上曝光自己做得壞事，那些網民肯定會唾棄他們……」

雖然用網路暴力對抗校園霸凌不好，不過比起死亡，這些加害者恐怕也寧願被人網爆吧！

「唾棄他們又怎麼樣？他們會疼嗎？他們有我痛苦嗎？」

「……」林邵陽撓撓頭，一時之間還真不知道該怎麼回應。

「小陽？你這邊還沒好？」

元動解決完他那邊的任務，前來跟林邵陽會合。

林邵陽苦著臉，將女學生的事情說了一遍。

「妳想要報復他們？」元動問著女學生。

「他、他們欺負我，逼死了我還取笑我，我死了以後，我奶奶也傷心的生病了……」女學生扯著衣服下擺，縮著脖子說道。

說也奇怪，原先還像發瘋一樣暴怒的女學生，在元勳面前卻露出了幾分小心翼翼，相當乖巧。

林邵陽看著覺得有些眼熟，後來想一想，這不就是他見到訓導老師的模樣嗎？

「想要報復的話，妳可以折磨他們，只要不出人命，隨便妳玩。」

元勳拿出手機，在上面點點滑滑，找出了一份檔案。

「這是專門供應給冤死鬼的合約，簽約以後，妳可以在陽間停留一年，報復兇手。按照妳的情況，只要不弄死，就算把他們弄成殘廢也關係。」

女鬼眼睛一亮，期期艾艾地問：「那我可以回家探望我奶奶嗎？」

她是在學校自殺的，靈魂無法離開校園。

「可以。」元勳拿出兩枚折疊好的符，「黃色的是平安符，給妳奶奶配戴，黑色的符籙可以收斂陰氣，妳自己戴著。」

鬼魂不適合跟陽世間的人接觸太多，活人接觸太多陰氣會生病，而鬼魂接觸太多陽氣也會不舒服，損陰體，這兩枚符籙就是負責處理這個問題的。

女學生開開心心地簽了合約，拿著符籙回家了。

至於那些被她綁架的校園霸凌者，則是被丟在學校教學樓的天台上。

反正天氣也不冷，在天台睡一晚上也沒什麼，頂多感冒而已。

解決完女學生的案件，林邵陽和元勳又陸續完成「幫助被墮胎的鬼嬰找媽媽」、「幫助死者向家人託夢」、「消除鬼魂造成的陰性磁場」、「勸導滯留人間的靈魂去投胎」等等十幾個小任務。

任務不難，但也需要一些相關知識和訣竅。

幾個月工作下來，也讓他們對於陰差的工作越來越熟悉。

元勳總結出一套「最有效率地完成工作，保證每個月能賺進五萬以上」的工作流程，協助林邵陽朝著賺錢的道路大步邁進。

對普通上班族來說，大量的工作和加班是一件相當令人討厭的事，可是對於林邵陽來說，工作越多就表示他能獲得的獎金越多，尤其是在發薪日看見一排獎金明細表和不斷上漲的薪資，那種成就感和滿足感真的是難以形容。

錢蒼和石青原本想勸他們不要太過勞累，後來發現元動把時間安排的很好，雖然累了點但也算是勞逸結合，就沒再多說了。

畢竟林邵陽可還是有房貸和學貸要繳，生活的負擔可不輕。

他的父母過世後，留下了房子給他，可這房子的房貸還沒繳完，這筆債務就落到了林邵陽身上。他的父母親留下的存款有十幾萬，加上賣掉父親車子的錢，湊一湊大概有五十幾萬。

這五十幾萬大多用來償還房貸，而學費則是辦了就學貸款，生活費是由當時已經開始擔任地府外聘人員的元動支援，加上林邵陽自己打工賺錢，這才撐了過來。

現在林邵陽心心念念的就是快點湊齊錢，一次將負債還清，實現財富自由。

在知道林邵陽的情況下，錢蒼自然也不會阻止他，主動為他挑選了案件，將同一區域、方便解決的簡單任務給他，讓他可以多刷一些任務。

這一天，錢蒼拿了一個網路綜藝的通告給元動。

網路綜藝名稱叫做《靈異追追追！》，主要是讓藝人去一些靈異場所探險，跟參加來賓聊靈異和星象命理類的話題，以及讓藝人體驗跟玄學和靈異相關的事，像是召喚錢仙、筆仙，觀落陰、看元辰宮、算命、了解養小鬼流程等等。

可以說是一路狂奔在作死的路上。

也因為這樣，他們邀請的藝人都是一些網紅和小藝人，為了成名，這些人什麼事情都願意做。

更何況，現代的年輕人對於宗教信仰這種事情並不熱衷，甚至以為那是騙人的，又怎麼會有畏懼之心呢？

這次錢蒼會給元動接這個通告，是因為節目組這次要去的地點是一處廢棄的老宅，那座老宅是當地知名的鬧鬼景點。

而根據錢蒼的說法，那座老宅確實有問題，它以前是一座小型的亂葬崗，後來蓋了廟宇鎮守，結果老宅子的主人看上這塊地，用了手段讓廟宇拆遷，換成蓋他的豪宅。

屋主是國外留學回來的，在那個年代算是相當稀少且厲害的人物，在國外待久了，自然就不信國內的宗教信仰這一套，甚至覺得這些信仰很「老土」。

蓋房屋時，建築工人從地裡挖出不少骨頭和殘骸。

按照正確的習俗作法，應該是要將這些殘骸撿拾整齊，而後請大師、高僧作法超度，然後再將這些骸骨收進罈子，放到寺廟中接受香火供奉，或者是直接為他們蓋一間陰廟。

不管是哪一種，肯定都要花上不少錢。

留洋的屋主自然不願意，他寧可將錢拿來蓋豪宅，也不想花錢做這些「善事」。

於是他讓工人隨便將骸骨撿成一堆，用火燒成灰燼，隨便挖個坑埋了，湮滅痕跡。

一開始，那裡還有廟宇神明殘留的神威壓制著，被挖了骸骨又被燒毀還被亂埋的亡魂雖然想報復，也有心無力。

只是老宅子的是非多，後宅的夫人跟小妾鬥，婆婆虐待兒媳婦，鬧著鬧著，就死了人。

血腥氣和兇煞氣衝破神明設下的屏障，讓那些亡魂有了報仇的力量。

老宅子開始鬧鬼了。

這一鬧起來，老宅子裡的人死的死、病得病、瘋的瘋、殘的殘，沒有一個完好的。

除此之外，老宅周圍的街道也是意外叢生，經常有人在那附近撞車、摔車和自殺，時日一久，人心惶惶，能避開的人就儘量避開，避不掉的附近住戶則是在家裡供奉神明，祈求神明保佑。

老宅子主人找來許多道士、和尚開法壇、辦法會、變更風水布置，卻都是無功而返，最厲害的那位大師也只能鎮壓一時，無法永久解決。

後來還是地府跟神明聯手，地府負責設下陣法、鎮守老宅，而神明則是出巡淨街，蕩去一切陰氣、怨念和污穢，還當地一個太平。

03

「拍攝時間……從晚上到凌晨？」

林邵陽看著行程表上寫著晚上十一點到凌晨三點的時間，不由得皺起眉頭。

「這是要拍通霄？」

「他們打算在鬼屋過夜。」錢蒼語氣戲謔地說道。

「在亂葬崗過夜？真有創意。」元勳扯了扯嘴角，笑得薄涼。

「雖然那邊的情況已經被控制住了，不過為了預防萬一，還是要你們去探探，如果發什麼意外，也好及時補救。」錢蒼說出他的想法。

「要是有狀況，立刻聯繫我們。」石青提醒道。

「好。」

到了拍攝當晚，林邵陽和元勳在十點半抵達集合地點，這也是節目組跟他們約定的時間。

這時，節目組已經在進行直播前的最後準備了。

兩人跟場務報到後，又跟導演和節目組成員打招呼，寒暄幾句。

「來來來，自己挑一個平安符！」

節目組成員拿出一個盒子，裡頭裝了一堆平安符。

「這是我們之前來探勘時，去附近的媽祖廟求的，那間廟的香火很靈驗喔！」

「你們還會特地去求平安符啊？」

林邵陽頗為意外地拿起兩個平安符，遞了一個給元勳。

他還以為像他們這樣的節目，肯定會希望來賓在鏡頭前發生各種問題，不會預先做好「防護措施」呢！

看出他的想法，節目組成員笑道：「雖然我們是拍攝這種節目的，但是該預防的是會預防，拍攝前會先去當地的警局和廟宇報備，也會求平安符、平安繩這類的東西保平安，不過要是來賓不想戴，我們也不會強求啦！」

畢竟信仰是個人的自由嘛！

不過要是不戴平安符的來賓遇到什麼事，他們也不能追究節目組的責任，當初的合約都寫明這個綜藝的內容以及有可能發生的危險，免責聲明也都簽了，他們既然願意參加這個節目，就該承受可能的結果。

以前參加的來賓也在節目中遇過幾回靈異事件，有些人遇過一次後就怕了，不敢來了，有些人則是藉著這種特殊經驗炒作，讓自己爆紅。

這種事情是好是壞，還真是要看人的心態決定。

《靈異追追追！》也不擔心沒人敢來參加節目。

他們是深夜頻道最受歡迎的網路綜藝，許多小模特、小網紅、小藝人都想要藉由他們這個節目爆紅，有些人甚至寧可不拿通告費也要參加！

不過他們節目組沒有那麼沒良心啦！錢還是會給的。

因為是深夜直播的綜藝節目，錄製時間長，所以節目組除了給一般正規的通告費之外，還會給來賓發六千六百元的紅包，祝他們六六大順，節目組可是很慷慨的呢！

《靈異追追追！》的主持人名叫「柏清」，是一個三十出頭的青年，據說他家裡是開宮廟的，他本身也有修行，家族裡也有許多人從事乩童、靈媒、道士、算命師的工作，信仰的宗教佛、道、儒都有。

柏清一開始是直播自家宮廟，介紹宗教方面的事物，閒聊他和家人遇過或聽說過的靈異事件，偶爾還會幫粉絲們算命。

後來名氣大了以後，就成了《靈異追追追！》的主持人之一。

《靈異追追追！》最初的主持人一共有兩位，柏清是副主持，做得是搭話、捧梗和介紹宗教知識的工作，後來那位正主持人走了，柏清就被扶正上來。

當時的播出成績不好，面臨著可能解散的危機，節目組為了省錢，就乾脆不再找副主持人了，讓柏清單挑重任，而他也確實表現的很好，將節目從低谷中帶出，直到現在的地位。

現在的他已經是節目不可或缺的支柱了。

柏清的主持風格是以輕鬆、幽默的方式介紹各種靈異和宗教知識，並且對不同的信仰持以開放的看法，並不會因為對方信奉基督教、天主教或是其他宗教，就顯露出排斥或鄙視。

就算來賓屬於無信仰者，或是科學論者，他也不會鼓吹對方一定要信奉神明，他也會認同對方的觀點，說某些情況可能是心理、生理或是環境因素影響，不一定是靈異事件。

不過要是對方硬要跟他槓，硬要將他當成神棍或騙子，柏清也會出手給對方一個教訓。

柏清主持最紅的一集，就是一個來賓為了博眼球，硬是跟他槓，說這個世界根本沒有鬼神，還指著公墓裡頭的墓碑破口大罵（當時他們在公墓裡頭拍攝），後來柏清就用牛眼淚給對方開眼，那人開眼後立刻被嚇得哇哇大叫，像是瘋了一樣地在公墓裡頭跑來跑去，還跪地跟那些被他罵得墓主求饒。

後來柏清居中調解，讓那人燒了一堆金紙跟紙紮物品給墓地主人，還在墓地磕頭認錯，這個事件才落幕。

直播時間一到，柏清就熟門熟路地對著鏡頭打招呼。

「大家好！我是你們最愛的柏清！又到了你們最愛的實地探險單元了！」

柏清嘻嘻哈哈地說完開場白後，又跟幾位熟悉的觀眾對話了幾句，這才開始介紹來賓。

「今晚跟柏清一起探險的來賓一共有五位，站在我右手邊的美女叫做『卡蜜拉』，她是美妝主播，專門教導大家化妝和穿衣搭配……」

「嗨！大家好，我是卡蜜拉，很高興來參加《靈異追追追！》，我是這個節目的粉絲喔！最喜歡的就是實地探險單元了！」

畫著精緻彩妝的卡蜜拉笑著向觀眾打招呼，她穿著奶黃色露肩長袖上衣和修身九分牛仔褲，腳下是一雙粉、橘撞色的帆布鞋。

「接下來跟大家介紹站在卡蜜拉小美女旁邊的小帥哥，他叫做『阿怪』，頻道名稱是阿怪愛打怪，是最近很火的遊戲主播，我看過他的遊戲頻道，有不少都是恐怖遊戲的推薦……」

「柏清好、各位觀眾朋友好，我是阿怪愛打怪的阿怪！」

阿怪是個二十出頭的年輕人，染著一頭銀灰色頭髮，身上穿著明黃色連帽衛衣和牛仔褲，整體的裝扮很像偶像男團，只是顏值比起元勳還是略低一些。

04

「站在我左手邊的兩位是我的老朋友，以搞怪和吃播出道的『丫頭與娃娃』！我真的、真的好喜歡看她們的吃播！她們的吃播讓人覺得很有食慾，不過她們的廚藝就……嗯，你們懂的。」柏清做了個誇張的苦瓜臉。

「嘿！好歹我們做得十次料理有六、五、四……有幾次成功的好嗎！」丫頭抗議的大叫，配合著柏清炒熱氣氛。

「我看妳們的影片，幾乎每次都翻車出狀況。」柏清不客氣的吐槽。

丫頭與娃娃的容貌沒有卡蜜拉漂亮，但也是屬於清秀、耐看的類型。

她們穿著同款的T恤和吊帶褲，丫頭的身材有點肉感，娃娃的身材比丫頭瘦，但她是圓臉蛋，單就臉來說，兩人都是一樣的圓圓臉。

「妳們兩個已經參加我們節目好幾次了吧？」柏清笑問。
「對，光是今年就參加了七、八次……」娃娃點頭回道。
「這麼多嗎？難怪我看妳們都快看膩了！」柏清大笑著吐槽。
「彼此彼此啦！」
「我們看你也很膩，快來個帥哥讓我洗洗眼吧！」
「帥哥有啊！你們旁邊的大動夠帥了吧？他可是模特兒呢！」柏清順勢介紹元動出場。
「帥！帥翻了！完全就是我喜歡的精英男類型！」丫頭配合地雙手捧心，還朝元動拋去一記媚眼。
「帥小哥，有女朋友沒有啊？你看我們兩個怎麼樣？」娃娃搞怪的說道。
「妳們很可愛……」元動配合著笑道。
「哎！說可愛就是沒戲的意思了，我懂，我了解。」丫頭笑嘻嘻地自己收尾，將話題圓了過去，沒有藉著這個話題跟元動炒ＣＰ。
「喂喂！怎麼大動一出現妳們就不理我啊？我可是主持人！」柏清笑嘻嘻地拉回話題，「妳們之前都是待在室內拍攝，實地探險是第一次對吧？」
「對，我們很喜歡這個單元，之前也想過要不要參加……」丫頭說道。
「但是我們很慫，不敢。」娃娃接話。
「那怎麼這次會突然想參加了？」柏清問道。
「為了賺錢啊！哈哈，開玩笑的！」丫頭笑著說道：「我跟娃娃是這邊長大的，從小就聽過很多王家洋樓的事，不過長輩都不讓小孩來這裡，所以就想這次過來看看……」

「其實我在高中時候有跟同學來這裡探險過。」娃娃自己爆料，「那時候我們是下午過來的，裡面就跟普通的廢棄房屋差不多，有很多雜草、蜘蛛網、老鼠跟各種蟲子……」

「我們在洋樓裡面走了一圈，並沒有遇到什麼詭異的事情，但是我們回到家以後，每個人都生病了，有的發燒、有的拉肚子、有的腦袋昏沉沉一直都睡不好，一個多禮拜都沒好，後來我爸媽覺得不對勁，問我去了哪裡，我才跟他們說我跑來王家洋樓，他們就帶我去附近的媽祖廟拜拜，拜完才好了。」

娃娃露出一個心有餘悸的表情。

「那次都這樣了，妳還敢來啊？」卡蜜拉面露驚訝，掩嘴問道。

「就好奇嘛！很想知道為什麼會這樣啊！」娃娃笑著回道：「我是一個好奇心很重的人，遇到的事情一定要搞清楚，不然就會一直掛在心上。」

「我也是耶！」卡蜜拉甜美的笑道：「我要是看到感興趣的東西就會想要……」

「好，希望今晚可以實現妳們的願望。」

開場寒暄和介紹來賓後，一行人就準備進入王家洋樓了。

他們的開場地點是在洋樓外面，之前探勘時，柏清和工作人員就已經來過一趟，了解洋樓的地形，並繪製了簡易平面圖。

至於雜草、髒污、垃圾和蜘蛛絲之類的存在，他們完全沒去動它，儘量保持現場的完整性。

柏清拿出借來的大門鑰匙，打開了斑駁的紅木大門。

進門後，眾人看到一個雜草叢生的庭院和水池，再往裡走是紅磚三合院，後方還有一棟兩層樓高的洋樓。

這裡的建築都是挑高設計，即使只有兩層樓，看起來卻有三、四層樓高。

紅磚三合院帶有中西合併的建築風格，半圓型拱門的中廊、花瓶狀欄桿、長方形和半圓形的窗戶等等，這些明顯西方的建築風格穿插在三合院之中。

看起來不突兀，反而有一種新奇的感覺。

「根據我們打聽的消息，三合院這裡是給大夫人和姨太太們住的，王老爺的主要活動區域在獨棟的洋樓那邊……」

柏清說著節目組向相關人士打聽到的情報，並引導著節目拍攝的進行。

「我們就從三合院這邊開始，逐漸往裡面進行探索吧！」

「好。」

「從這邊進去嗎？」卡蜜拉指著三合院的正房。

「可以啊！」

柏清並不會強制要求來賓要按照他的指示行動，他會給一個方便節目流程進行的範圍，之後就隨便來賓行動了。

「要分散開還是一起走啊？」卡蜜拉又問道。

按照過往流程，《靈異追追追！》會讓來賓分成兩組，一組跟著柏清行動，一組自己行動，而拍攝組也會分成兩組跟拍，直播畫面也會分割成兩塊。

「分成兩組吧！」柏清回道。

「那我要跟柏清一組！」卡蜜拉第一個舉手自薦，「我膽子小，跟柏清在一起才有安全感。」

她朝柏清眨眨眼，笑得甜美。

雖然兩組人馬都有自己的攝影師，在分組行動後，畫面也會一分為二，同步播放給觀眾看，但是卡蜜拉很清楚，在這個節目中想要獲得大多數的關注，就一定要跟著柏清行動，這也是她參加節目之前就定好的規劃。

「我也跟柏清一組。」阿怪接口說道：「我們三個的衣服顏色都是黃色系，明顯就是一隊！」

阿怪其實是醉翁之意不在酒，他是因為卡蜜拉長得不錯，這才想跟這位小美女一起行動的。

他也不是有什麼壞心的企圖，就只是喜歡看美女，想看看能不能跟卡蜜拉交個朋友，要是不行，那一起行動養養眼也不錯。

「那我們就跟大勳一組吧！」

丫頭和娃娃也沒有跟他們爭，笑嘻嘻地選了元勳。

「那我們找東邊，你們西邊，最後在中間的正堂會合？」

柏清指著三合院的兩側，又指著正面的屋舍。

對於他的提議，所有人都沒有意見。

第七章
王家洋樓

01

三合院的東邊是正房太太的居住地，西邊是姨太太們的房間，正中間的正堂位置是活動區域，要是她們的丈夫到來，就會聚集到正房見面。

元勳和丫頭、娃娃在西邊穿梭，看著一間又一間的女子閨房。

即使是姨太太的房間，同樣布置的很精緻，實木的家具雕刻著精緻的花鳥圖案，上面鋪著織錦緞子，窗戶掛著那個年代相當時髦的蕾絲窗簾。

床鋪掛著繡花床幔，床幔跟床罩、床單是同一款式，即使年代久遠，布料的顏色都已經不鮮明了，還是能夠看出這些都是極好的質料。

這間房間的主人似乎是臨時離開的，梳妝台處的座椅傾倒，抽屜和首飾盒被打開了，首飾盒裡的東西不翼而飛，香粉、胭脂盒、粉撲、粉刷、眉筆等物凌亂地放在桌上，蓋子不翼而飛的香粉盒裡還殘留著已經變質、結塊的香粉。

進房後，眾人鼻尖能夠聞到隱約地暗香。

「以前的香粉這麼好用嗎？到現在都還能聞到香味？」丫頭訝異的驚呼。

她並不是真的想提問，而是要讓觀眾們知道他們感受到的情況，增加彼此的交流互動。

他們可是在直播，要是全部都不說話，悶頭行動，觀眾肯定會離開！

「不會吧？應該早就沒氣味了啊！都好幾十年了耶！香水都放不了這麼

久。」

娃娃面露好奇地朝丫頭走去，也跟著低頭看了看香粉盒，但沒有伸手碰觸。

這麼久以前的東西早就變質了，要是上手去碰，誰知道會不會引發不好的後果？

「會不會是窗外的花香？」娃娃轉頭看著窗外的植物。

這些屋舍周圍都種植著花草，每一間房間的植物都不相同。

這間房間外面種著四季桂，現在正開著一簇簇的小花，他們剛才在外面就聞到了淡淡的桂花香氣。

「味道不一樣啊，屋子裡的不是桂花味，是那種淡淡的，像花香又帶點乳香味，聞起來很舒服，很好聞……」

丫頭也說不上來屋內的香氣是什麼氣味，只覺得好聞，聞起來很舒服。

娃娃也做了幾次深呼吸，想要辨識出這香氣的來源。

「味道不像是從梳妝台這裡傳出來的，應該是別的地方……」娃娃覺得氣味來源並不是眼前的香粉。

「應該是枕頭的氣味，這個枕頭應該是沉香做得。」元勳指著床鋪上的沉香枕頭說道。

「沉香枕頭？」

丫頭和娃娃走到床邊，發現床鋪上確實放著一個木製枕頭。

這枕頭不是實木，表面是一堆木珠子串成一整片，內裡挖空，兩側是雕刻著花鳥圖案的木塊。

枕頭的兩邊高、中部略微下凹，珠串帶有彈性，腦袋枕上去時它會略微下陷，形成契合頭頸曲線的模樣。

「沉香是不是拜拜用的那種香？那種的我聞過，不好聞，很嗆……」丫頭皺著眉頭回道。

一般人聽到沉香、檀香這樣的東西，直覺聯想就是拜拜用的香和盤香、薰香，去過廟宇拜拜的人肯定知道，那氣味其實挺刺鼻的，還很燻眼睛！

「會刺鼻的那種香，一般都是加了化學成份的，真正純正的沉香並不刺鼻，聞起來很舒服。」元勳笑著解釋道：「沉香的香味有很多種，基本的香氣有甜味、乳香味、清涼味、果仁味和花香味，不同地區出產的沉香，氣味都不一樣……」

元勳沒說的是，這沉香枕頭需要湊近了才能聞到香氣，以他們剛才站立的位置，根本不可能聞到沉香香味，即使因為時日久遠，香味擴散到房間的各個角落，這房間可是敞開的，通風性良好，那點香味也早就該消散了才對，不至於還有這麼明顯的香氣。

這股香氣的來源，是位於房屋內外的鬼魂們。

或許是因為這群鬼魂經過多次法壇祈福、又或者是因為他們的屍骨被送到佛塔安置，他們的鬼氣染上了沉香味，倒也讓人減少了幾分恐懼。

在他們參觀這裡時，這群鬼魂也在圍觀他們。

『這是在拍戲嗎？演技可真好……』

『不是啦！他們是在拍節目！』

『還以為這些人又是來搗亂的，差點將他們趕出去，要不是看見娘娘廟的平安繩，我這爪子就撓下去了！』

『娘娘廟的幾位神爺可是事先過來說過了，誰叫你們那時候都在睡懶覺！』

『這群人還挺懂規矩的，知道要先去娘娘廟稟報，過來之前也燒了香燭紙錢給我們，不像之前一些人，隨隨便便就跑進來，還東翻西找的，像是把這裡當成他們家一樣！真討厭！』

『外人和男子進姨娘們的房間總歸不妥……』

『嗤！老古板又在不妥什麼？這房間前前後後被人搜查幾百次了？你每次都說這一句，煩不煩吶！』

『現在的女人都能當總統了，還以為是舊時代啊？』

『我們這幾個房屋主人都沒說話了，您老就別叨叨了！』

『反正我們已經不住這裡了，廢棄的老房間有人願意花錢參觀，又有何不可？』

『人家可是繳了錢進來的，你有本事就別用人家給得香燭紙錢啊！』

『這位小哥長的可真俊，可惜我生君未生，君生我已老～～』

後一句，對方是用唱戲的腔調唱出來的。

「……」

站在門口的林邵陽，看著被鬼魂們圍觀卻依舊面色淡定、配合著節目拍攝的元勳，心底相當佩服。

要換成是他，被一堆鬼這麼盯著看，肯定會受到干擾，沒辦法這麼自然的跟娃娃和丫頭互動。

打從他們靠近這邊的屋舍開始，就見到影影幢幢的黑影在暗處移動，不斷地朝他們聚集而來。

要不是他們過來之前被錢蒼叮囑，說是「這裡的鬼物不會主動害人，只要他們不出手，你們就別管」的要求，他們恐怕就會將符籙拿出來了。

饒是如此，在「兇名赫赫」的王家洋樓內，林邵陽也不敢掉以輕心，始終保持警戒狀態。

鬼魂聚集以後，也沒有做出什麼動作，就是像路邊群眾圍觀拍攝一樣，將他們團團包圍、並對節目組指指點點。

聽著鬼魂們的逗趣交談，林邵陽那點緊張也消失了。

只要他們這些闖入者不做出引起鬼魂們發怒的事，應該是不會有什麼問題的。

02

「聽說沉香很貴？這麼大的枕頭要多少錢啊？」丫頭好奇的詢問。

「看品質吧！這種沉香枕頭幾千塊到幾百萬都有賣。」

元勳曾經聽過賣香料和木料的老闆說過沉香的價格，一公克的沉香從十幾元到幾萬元不等。

娃娃倒抽一口冷氣，難以置信的驚呼：「幾千塊買一顆枕頭？不愧是有錢人。」

娃娃自然不會認為這是幾百萬的枕頭，如果真的那麼珍貴，早就被人拿走了，不過即使只有幾千元，也是相當高的價格。

『是呢！是呢！我這枕頭當初買的時候，可是要將近五百塊呢！』一名嬌滴滴的女鬼頗為得意的回應道。

他們那個年代的五百元，換成現代的消費水準，少說也是六、七千元的價格。

「可惜這枕頭都壞了。」

枕頭的沉香木珠少了大半，兩側用來固定的木片也是出現破損的痕跡，失去了原來的功用。

幾個人在屋內繞了一圈，而後又去隔壁房間查看。

姨太太們的房間格局相同，家具布置也是的大同小異，看起來似乎每位姨太太的地位都差不多，但是從窗簾、床罩、桌巾、梳妝台等處的細節裝飾，還是可以讓人看出這位姨太太受不受寵。越受寵的，她房間裡頭的外國裝飾和擺設就越多。

畢竟在那個年代，從國外來的洋貨和日貨都是高級品，是富人們用來顯身分的「名牌」，也是姨太太們用來炫耀寵愛的戰利品。

他們花了一個多小時完成西側的房間查看，只是等他們抵達中間的正堂時，柏清他們還沒出現。

「我們要去找柏清嗎？還是在這邊等？」娃娃問道。

要是待在這裡等待，觀眾們肯定會跑光，可是要是去找柏清，會不會被認為是去搶鏡頭的？

娃娃她們跟柏清相熟，知道柏清不會介意這些事，可是他身邊的那兩位來賓就……

尤其是那個卡蜜拉，在鏡頭前表現的野心都明白表露在臉上了！

娃娃她們其實不反感她的行為，在鏡頭前積極進取才會有好的節目效果出來，她們以前也是這麼過來的。

娃娃她們也沒有阻撓新人露臉的想法。

「之前柏清說要在這裡集合，我們還是在這裡等吧！」丫頭在考慮過後回道。

「好。」

三個人站了一會兒，漫無邊際的閒聊。

只是等了將近半小時，柏清他們依舊沒有出現，而他們能聊的話題都聊完了，三個人面色尷尬的大眼瞪小眼。

「要不，我們去前面的院子逛逛？」一元動提議道。

正堂的門前有一個大庭院，庭院中間布置了小型的噴泉和花圃，只可惜這些造景年久失修、破敗不堪，不然在明亮的月色下賞景，氣氛也是很不錯的。

噴水池的雕像是用大理石做得，經過風吹雨打，大理石染上了點點斑駁，還出現了裂縫和缺口。

石雕的造型是鯉魚造型，相當中規中矩的外觀，跟這座三合院的風格相當吻合。

三人繞著噴水池花圃走了一圈又一圈，尬聊著噴水池的雕刻、花圃種植的花草和周圍一切可以拿來當話題的東西，要不是他們看不見觀眾的發言，他們還真想跟觀眾聊聊天。

觀眾們也看出他們的尷尬和無奈，在直播聊天室笑得相當歡快。

——哈哈哈哈這幾個人也太老實了，柏清讓他們在這裡等，他們就老老實實的在這裡等？這也太乖了吧！都不知道去找柏清的嗎？

——哈哈哈連哪間奶茶店的奶茶好喝都拿出來說了，真的沒話題了啊！好尷尬的尬聊啊！

——模特帥哥看起來很聰明，沒想到這麼呆，真可愛！

——說什麼等柏清，他們根本就是沒膽！不敢亂跑吧！

——自己搜查正堂也可以啊，怎麼都等在外面？什麼都要柏清來做，那柏清也太累了！

——前面的，你剛才沒聽到柏清的話嗎？是柏清說正堂要兩組人馬會合後再搜查的呀！

——正堂應該是三合院的重點，肯定要等柏清一起啊！他們要是自己查了，發生意外了怎麼辦？

——就算沒出意外，他們搜過以後柏清也不能再找一遍，那不就尷尬了嗎？

——這次的來賓都很不錯，ㄚ頭跟娃娃就不用說了，節目的常客，知道什麼該做什麼不該做，模特兒帥哥也很配合，沒有亂來，就該找這樣的來賓！

——那個叫阿怪的也不錯，膽子大，敢動手翻東西，還會幫柏清搬東西……

——翻東西才不好吧！之前好幾次都是因為來賓亂翻亂拿東西才出意外的。

——拜託！你到底有沒有在看啊？阿怪翻東西之前都先問過柏清了好嗎！

——我不喜歡跟柏清一組的那個女的，她進門以後就一直勾著柏清的手臂，整個人都要黏到他身上去了。

——勾著柏清的手就要被討厭？人家女生害怕不行嗎？

——真好笑！你們柏清是多金貴啊？連手也不能碰？

——怕就別來啊！她都說自己是節目粉絲，那就應該知道現場會是什麼情況，來之前就要做好心理準備呀！

——這話真好笑！有心理準備跟親身體會能一樣嗎？有心理準備還是會怕啊！

——怕才有節目效果啊！

——說不定卡蜜拉自己不想來，是被經紀人逼來的呢？

——嗤！某人的粉絲真好笑，還真將她當成冰清玉潔的女人？不過是一個被包養、被砸錢捧紅的，操什麼純真人設？我呸！

原本還聊的好好的直播間聊天室，莫名出現一波人引戰，讓聊天室的氣氛越來越差，節目組負責監控的成員連忙下場引導和控評。

「真奇怪，以前都是出現意外或是爭執觀眾才會吵起來，怎麼現在才剛開始，什麼都還沒發生就在吵了？」

現場助理拿著手機，看著聊天室的對話滿臉納悶。

「也許不是因為節目，是有人故意針對呢？」對來賓背景比較了解的企劃回道。

「不會吧？這個卡蜜拉不是網拍小模特嗎？又沒什麼名氣，誰會去針對她啊？」助理不信。

「呵呵，你都說她沒什麼名氣了，一個沒名氣的網拍小模特，竟然能夠擠掉一堆大網紅上我們的節目……」

企劃給了一個「你好好想想」的眼神。

「說不定她背後的經紀公司很厲害呢？」

就像元動這位剛出道的模特，不也是因為經紀公司的關係，跑來參加他們節目了嗎？

「據我所知，她簽的只是一間小經紀公司，公司的模特兒都是網拍模特兒，混最好的幾個就是平價品牌雜誌的模特兒。」

「……」

「她是走高經理的關係進來的。」

有人點出卡蜜拉的背景關係。

一提到這位高經理，知情人隨即反應過來。

「又是女朋友？這是今年的第幾個？」

「五還是六？之前的也不知道分了沒有。」企劃撇嘴回道。

這位高經理是直播平台的高階主管，一個不婚主義者，之前曾經推薦過幾位「女朋友」上節目，節目組成員也算對他有些了解。

雖然不結婚，但是人家的感情生活可豐富了，經常更換女朋友，還同時跟好幾個女生交往，聽說那些女朋友都知道他劈腿的事，彼此之間算不上融洽，但是表面上還挺和平的。

助理原本很納悶，怎麼會有女生願意忍受這樣的情況？

後來還是其他人揭露真相。

原來那些所謂的「女朋友」，跟高經理根本就是金主和情人的包養關係。

金錢交易的情人，只要好處夠多，誰又會去干涉金主的事呢？

更何況高經理也不是那種長得帥、溫柔體貼，會讓女生在相處中動心的類型。

而且這個高經理還特別的渣。

讓他不高興了，說分手就分手，完全不猶豫的。

也因為這樣，高經理的那些女朋友根本不愛他，只要不牽扯到利益，他的女朋友們根本不會找對方麻煩。

高經理還算有分寸，推薦人過來的時候，也會給他們節目一些好處，像是安排在首頁主推、讓小編為節目寫宣傳軟廣告等等。

看在高經理推薦過來的人還算安分的份上，他們也就這麼繼續「合作」下去了。

不合作也不行，這位高經理可不是什麼心胸寬廣的人，他們就算是平台的重點節目，也會被他下黑手、使絆子。

03

「所以這些人是那些女朋友派來的？」助理很納悶，「不是說她們都相處的很好嗎？怎麼突然針對她？」

「這個我知道。」

副導湊了過來，說起這件事的八卦。

「我聽說啊，高經理被這個新女友迷的神魂顛倒，跟其他女朋友都斷了，資源也都給了這個新人……」

「難怪……」助理這下子明白了，「斷人財路，難怪那些女朋友會報復！」

「她們要報復就去報，可是拖我們節目下水做什麼？」企劃不滿的嚷嚷，「我們花了那麼多心血策劃這場外景，結果被她們鬧成這樣……」

他們策劃一場戶外拍攝可是需要耗費大量的人力和物力，要提前兩、三個月就開始進行策劃和準備！

所有人忙碌那麼久就是想要獲得一個好的成果，可不希望被亂七八糟的爭吵拉走了關注！

「注意，柏清他們抵達正堂了。」

某位成員低聲提醒了句，示意眾人專注在節目拍攝上。

柏清三人出現時，表情都很正常，卡蜜拉拉著柏清的手也鬆開了。

不過要是細看就會發現，柏清對卡蜜拉的態度冷淡不少，而阿怪也一掃先前想要搭訕美女的模樣，反倒跟柏清聊了起來，把卡蜜拉冷落在一旁。

元勳和丫頭她們不明白內情，但是一直跟拍柏清那組的攝影師等人，卻是相當明瞭。卡蜜拉不斷粘著柏清，甚至在暗處有許多小動作出現，又是拉柏清的手、又是摳手心，還整個人黏過去，胸部貼著柏清的身體蹭，柏清三番兩次地迴避後，終於被惹怒了。

柏清沒有直接在鏡頭前下卡蜜拉的面子，而是在鏡頭移開時，抽回自己的手臂，給了卡蜜拉一個冷臉，把她凍在原地。

而先前想要搭訕卡蜜拉的阿怪，見到卡蜜拉這副模樣，自然清楚她的目的，他又不是見了美女就走不動的人，何況卡蜜拉長得雖然好看，但也沒有美到令人驚豔，阿怪先前的那點好感自然也就冷了下來。

隨著柏清出現的，還有一群鬼魂。

鬼魂們兵分兩路，分頭看他們的節目拍攝，現在聚在一起後，開始嘰嘰喳喳地分享起各自看到的情況。

『剛才可有趣了！那個叫卡米拉的，一直想勾引那個叫做柏清的，還拿胸部蹭人家，嘖嘖嘖！現在的姑娘可真大膽，我們那個時候，就連細姨街的都不敢這麼做……』

『她叫做卡蜜拉，不是卡米拉。』

『哎呀！你們知道是誰就好嘛！真是的，取這什麼怪名字！』

『傷風敗俗！崇洋媚外！』老古板又開始罵人了。

『那個小姑娘我總覺得怪怪的，身上帶著一股奇怪的味……』

『咦？我瞧瞧！』

『哎呀！難怪妳說她有怪味，她拜了狐仙吶！』

『拜狐仙？我以前也拜過呢！』

『嘻嘻，當姨太太的，誰沒拜過呀？』

『剛才聽那些人說，她的男友之前有好多個女人，最近跟那些女人都斷了，應該是狐仙施的法吧？』

『這小姑娘也不是什麼好東西，把男人的桃花斬斷了，自己卻又勾搭其他男人，嗤！像她這樣的，早晚會出事！』

『哎呀！現在都不要求女子貞潔了，多交幾個男朋友又有什麼關係？哪像我們以前，跟男人走近一點就有一堆閒言閒語……』

聽到卡蜜拉拜狐仙，林邵陽這才多關注她一眼。

世人對於狐仙的評價有好有壞，有人認為狐仙不是正神，屬於陰仙，有人認為狐仙也是靠著幫助他人積攢功德，受到信眾的香火供奉修行的，也算是正統仙。

地府和神明對於狐仙和黃大仙（黃鼠狼）、柳仙（蛇）、灰仙（鼠）、白仙（刺蝟）這五大仙，並沒有什麼特殊評價，只要他們不做惡，他們就不管。

上司是這樣的態度，身為員工的林邵陽和元勳自然也不會多管閒事。

在他們看來，不管是山精鬼怪或是其他特殊存在，只要他們是行正道、不危害人間的，那就沒有必要喊打喊殺。

所以林邵陽也只是看了卡蜜拉一眼，確定對方沒有邪穢纏身，便又將目光轉回元勳身上。

兩組人馬會合後，交流了彼此的搜查結果，之後便在柏清的帶領下陸續進入正堂。

「正堂是家族的重要場所，家族中輩分高的長輩和主事者都會居住在正堂，神明和祖先牌位也會供奉在這裡，是吃飯、會客、議事和祭祀的正式場所……」

柏清簡單介紹著正堂的用途和重要性，並間接提醒了眾人，他們等一下可能會看到什麼。

「隔壁這間是神明廳，神像都已經撤走了，剩下神桌還在，再過去這間是供奉祖先牌位的，牌位也都搬走了，不過牆上還掛著遺像，從掛滿兩邊牆面的遺照看來，這個家族是一個大家族……」

柏清略有不解地歪了歪腦袋，奇怪地說道：「怎麼遺照沒有帶走？」

一般而言，後人撤走祖先牌位時，應該會連同遺照一起帶走才對。

「娃、娃娃……」ㄚ頭髮抖著拉住了娃娃的手。

「怎麼了？」娃娃納悶的反問。

「牆上、牆上……」ㄚ頭戳了戳柏清，臉色略顯蒼白，「牆上不是照片。」

「不是照片？可它……燈光師照一下。」

柏清先前是用手電筒照明的，而燈光師的打光是針對他們幾個，並沒有照其他地方。

燈光師將強光打過去，攝影師也跟著拍了過去，在明亮的光源之中，眾人這才發現，那些以為是遺照的存在，其實是灰白牆面上一張張墨色人臉的影像，看得人毛骨悚然。

長期掛在牆面的相框挪下來時，相框的位置會出現留白的痕跡，而那一張張的人臉就位於白框中間，像是牆壁發霉或是濕氣浸染出的痕跡。

可是這並不是一張臉的巧合，這是滿滿兩個牆壁的臉！

什麼樣的「巧合」，能讓發霉和水痕形成這樣的情況？

所有人的思維不禁往靈異的方向狂奔而去，拉都拉不回來。

即使是跟著柏清身經百戰的節目組工作人員，現在也是個個頭皮發麻，膽小的人直接轉過臉，不想再看。

「咳！通常這種情況有幾種可能……」

每當遇見靈異事件時，柏清就會成為解說員，向眾人介紹現下的情況。

「第一種是後代子孫沒有按照正規流程，將祖先請走，也有可能是他們請來的法師力量不足或是溝通上發生什麼問題，導致祖先不願意走，而後代子孫不知道……」

他一邊思索、一邊說出他所知道的成因。

「還有一種可能性是，這裡的先人都已經離開了，其他的孤魂野鬼聞到這裡殘餘的香火氣，入住這裡……」

「再一種比較科學的說法是，可能這裡曾經遭受過水患，像是屋頂漏水、牆壁滲水，而相框又剛好破損，滲水把照片弄溼了，照片黏到牆壁上，像複印紙一樣的留下了影像……」

最後這個說法明顯是安撫人心的。

幾個相框毀損還說的過去，但是幾十個、上百個相框都弄壞了？

以前這種遺照專用相框可是堅固的實木框，而這種有錢的大家族所挑選的相框，肯定是高級品質的木料，可以用上幾十年、甚至是上百年的那種，用「湊巧毀損」來解釋根本說不過去，除非是人為故意搞破壞！

『嘻嘻嘻，他們都被嚇到了，我就知道他們會喜歡這裡！』

『那臉可是我們辛辛苦苦弄上去的呢！』

『造孽啊！好好的一面牆，就這麼毀了……』

『哎呀！太婆婆，您就別嘮叨了，要不是有這些東西，他們哪會來這裡啊？去其他地方不是更好嗎？』

『是呀！我們給他們看他們想看的東西，他們給香火孝敬，這不是很好嗎？我們又沒有騙人！』

『對呀！他們去那什麼景點參觀還要收門票錢呢！我們這裡也算是旅遊景點呀！收他們一點香火也不算什麼……』

『要不是那些相機、攝影機沒辦法拍出我們的模樣，我還想要在鏡頭前露露臉呢！跟他們拍照收費呢！』

聽著鬼魂們的話，林邵陽和元勳這才知道這裡是他們弄出的「旅遊景點」，當下差點沒笑出聲來。

04

正堂除了人臉事件之外，並沒有其他狀況發生，一行人粗略轉了一圈後就移動到洋樓的位置。

此時，時間已經接近半夜一點，節目組在洋樓的院子處搭了涼棚，放了桌椅和火鍋和飲料。

「大家都餓了吧！這麼冷的天氣，吃點火鍋暖暖身體、補充體力，接下來才有力氣繼續搜查……」

節目組準備這些宵夜，一是想放鬆一下氣氛，讓來賓們跟觀眾們互動，增加交流，二是因為這些食品都是廣告合作，也算是節目組的收入來源之一。

在眾人就坐後，柏清介紹起火鍋的食材和飲料廠牌，直接表明這就是跟廣告商合作的試吃。

柏清向來不會做虛假廣告，廣告商給得產品他們會先進行品選會，讓節目組所有人都試用、試吃以後，獲得一半成員的喜歡，才會進入推廣環節。

吃火鍋時，攝像裝備都被固定住，不只柏清他們吃宵夜，節目組成員也會一起吃，只是他們在攝影機拍不到的地方用餐罷了。

眾人熱熱鬧鬧的聊天，精氣神明顯要比之前探險的時候好，先前見到靈異人像的恐懼也一掃而空。

元勳知道，這也是一種安撫手段。

鬼物其實是欺軟怕硬的。

人處於畏懼狀態時，就容易被鬼物欺負，相反地，你要是無所畏懼或是比他凶悍，那它就會怕了你。

而人在感覺寒冷和肚子餓的時候，情緒容易陷入低落，當他吃飽了、全身都溫暖的時候，情緒和心氣就會提高，這也是一種「壯膽」的方式。

洋樓門前的空地同樣也有一個噴水池，這個噴水池是西式的，用大理石雕著小天使的雕像，雕工相當精緻，把小孩子的天真和活潑都呈現了出來。

在他們吃吃喝喝、順便評價食物滋味的過程中，那群鬼物也在旁邊吸著香氣。

『好香啊，真想吃……』

『以前我也很喜歡吃這種涮鍋，好久沒吃了。』

『他們就記得燒香燭紙錢，怎麼沒弄個刷鍋給我們吃呢？』
『想的真美，他們又不是我們的後人，供奉啥啊？』
『唉～～雖然現在住的寶塔挺不錯的，可那裡都是供奉水果，吃的真乏味。』
『有的吃就不錯了！想想以前這裡還是凶宅沒人敢來的時候，我們餓了多久啊！』
『也是，那時候我餓得差點失去理智，連老鼠都啃了！』
『幸好妳啃的是老鼠，要是真吃了人，妳現在就不在這裡了！』
鬼魂們圍著桌邊叨叨絮絮，還不忘大口吸著火鍋的香氣，其他人看不見他們的動作，自然吃的開心，而能看見的就慘了。
假想一下，當你在吃火鍋時，身邊裡三圈、外三圈包圍著一群人，而且那群人對著你的食物露出垂涎神色，嘴角甚至有口水流淌，還不斷地用力吸氣，你的耳邊都是他們響亮的呼吸聲……
一瞬間，食慾都沒了！
除了林邵陽和元勳之外，柏清也是能看見的。
他嘴角微抽的苦笑，對著鏡頭說道：「忘了請這裡的朋友吃飯了，導演，這邊再開一桌吧！」
說出這句話，一是讓節目組準備，二是告知包圍住他們的鬼魂們，讓他們能夠讓出一條路，讓柏清準備上供。
食物準備妥當後，柏清點燃三柱清香，口中唸唸有詞，而後將香杜插在附近的土地上。
『太好了！有得吃了！』
『這人是不是能聽到我們說話啊？』
『肯定能啊！他身上有修行的光！』

鬼魂們開開心心的圍在新桌旁，大快朵頤。
這下子，換成娃娃幾人吃得彆扭了。
所有《靈異追追追！》的忠實觀眾都知道，當柏清特地供奉食物或是香燭金紙時，那就表示現場確實有鬼魂在場。
「柏清……」丫頭欲言又止的看著他。
「沒事，這些朋友只是太久沒吃到火鍋，聞到火鍋的香氣忍不住過來看看。」
柏清開玩笑的說道，並沒有說出鬼魂們打從一開始就跟在身旁的情況。
「……」
一時之間，所有人都安靜了下來，現場只剩下火鍋湯水燒滾時的咕嚕咕嚕聲。
只見那帶著火鍋香氣的水蒸氣像是被人爭搶，先是像海浪一樣翻滾湧動，而後分成幾十條細絲飄開，還沒飄離桌子的範圍就自動消失了。
丫頭幾個人看看那桌，再看看自家火鍋往上冒的水蒸氣。
嗯，蒸氣很正常，就是整片、整片地往上冒的，沒有分開的模樣。
不正常的只有那張沒有人的空桌！
嘶！不敢想、不敢想！
丫頭幾人低頭看著碗裡的食物，那專注的神情彷彿裝在碗裡的是燕窩魚翅一樣。
柏清笑著繼續先前的美食討論話題，希望將氣氛拉回來，只是來賓都是心不在焉的敷衍應和，幸好還有元勳配合著他，與他一起說說笑笑，這場面才好看一些。
來賓這種情況在節目中經常出現，柏清也習慣了，反倒是元勳自然又正常的舉動讓他訝異。

「元勳，似乎不害怕？」

「我家裡跟柏清也算是同行。」元勳笑著回答。

「原來是這樣！你的師承是？」

「家裡傳下來的行當，不算正統。」

元勳沒有說出家傳的源頭，柏清也不在意。

並不是一定要有師承才能做這行，更多的情況是，自己有方面的天賦，自己看書修行，而後某天突然「開竅」了，莫名地有了感應，就這麼進入了這一行，或是家裡遭逢大難、跟神明發願，而後當義工、筆生、乩身還願……

進入這行的人，都有著各自的因果，而能不能走得長遠，就要看他們修行的情況了。

「這麼說，你的靈異經驗也不少？」

柏清並沒有強迫元勳一定要分享他的經驗，而是採用了試探、詢問的口問。

元勳會意，他並不覺得這有什麼值得保密的，再加上現在也確實需要一些話題炒熱直播氣氛，所以他說了幾個故事。

「以前高中的時候，有段時間學生流行筆仙，有一次班上同學約了放學的時候要玩，我沒玩，就只是站在旁邊看。」

「玩筆仙不是要兩個人一起抓著筆嗎？在他們召喚的時候，我看到他們抓著的筆浮現一個動物靈……」

「動物靈？」娃娃好奇的看著他，「不是應該召喚出筆仙嗎？」

「其實所謂的筆仙召喚，召喚到的都是在周圍飄盪的靈，不是真的神靈。」元勳解釋道。

「元動說得沒錯。」柏清接口附和，「所以我一直不建議大家玩筆仙、錢仙或是同類型的召喚術，因為你不知道你召喚來的是好靈還是壞靈，而且有句話是『請神容易送神難』，要是那靈真的被你們找來，不肯走了，你要怎麼辦？」

元動點頭接口道：「我遇到的那次，他們都以為那個靈被請走了，實際上那動物靈纏在其中一人身上，跟著他回家……」

「你沒有跟他們說嗎？」娃娃瞪大眼睛反問。

「那動物靈跟那個同學有因果關係，那靈是被他殺死的，我不能幹涉。」元動回道。

「虐待動物？」娃娃隨即露出厭惡的神情，「我最討厭這種人了！」

「後來呢？那個人怎麼樣了？」

「聽說他經常做惡夢，脾氣變得相當暴躁，不過他原本的脾氣也不好，家人一開始沒有發現，直到情況變嚴重了，才去看醫生治療，後來他們還去了廟裡，聽說有請神明處理，那人過了一段時間就恢復正常了……」

之後，元動又說了幾個故事，直到時間接近兩點時，這場宵夜才結束。

「吃飽喝足，接下來該散散步了。」柏清手一揮，指向洋樓，「接下來，我們就要去最後一個目標，王家洋樓啦！」

他們進入洋樓時，鬼魂們也跟在後面進入，在他們參觀內部環境時，鬼魂們也會一邊回憶過往、一邊訴說這個空間曾經發生過得事情。

柏清聽著，覺得鬼魂們的說法比他打聽到的故事有趣且詳實多了，便向鬼魂們請求，希望能夠跟觀眾們分享他們說得那些過往。

鬼魂們自然是答應了，並用他們的故事換取一批食物和香燭紙錢的供奉。

獲得同意後，柏清拿出符紙往其中幾位代言人身上一貼，他們的魂體隨即顯現出來，即使是觀看直播的觀眾也能看見。

王家洋樓曾經的主人現身訴說過往，這絕對是今天節目的最大看點，再加上他們的故事說得極為生動，有時還附帶表演，觀眾們聽故事聽得津津有味，很希望直播時間能再延長。

只是原本定下的時間就是直播到三點，柏清還是「狠心」地拒絕了觀眾們的請求，但也同意下次有機會，再邀請這群鬼魂做一集特別節目。

第八章
《山村詭事》

01

眨眼間，林邵陽和元勳成為實習鬼差已經九個多月了。

兩人的學習能力強大，已經可以獨立辦案，不需要錢蒼他們從旁輔佐。

這天，白晴將林邵陽和元勳找了過去，並給了他們一份資料。

「這是《地府職員評等手冊》。」白晴解釋道：「地府為了鼓勵職員不斷成長和學習，特別設置了等級制度。這個等級跟職位沒有直接關聯，是一種個人的實力評等，評等範圍包括上課的課程數、案件完成率和半年一次的綜合考核……」

「等級每上升一個層級，薪資跟福利待遇也會提高一階，要是上頭的職位有缺額，等級高的人也會是優先人選。詳細的內容你們可以自己看《地府評等手冊》……」

「錢蒼說你們工作很努力，學習的進度也很不錯，雖然你們的資歷還不足一年，不過職員評等並沒有資歷限制，你們要是感興趣，可以試試看……」

白晴聽說了林邵陽和元勳努力接小案件、賺取獎金的事情，對於這種刷案件賺錢的方式，她並不反對，甚至覺得這是一種打好基礎的手段。

只是這種方式只適合在新手時期使用，過了新手期還這麼做，那是在消耗自己的天賦了。

林邵陽和元勳的資質很好，白晴不希望他們浪費自己的才能，所以才將兩人找過來，給了他們一個更好的刷獎金方式。

「錢蒼和石青都很看好你們，認為你們是好苗子，我也知道你們在經濟上有困難，想要賺更多的錢，既然這樣，你們應該要用更有效率的方法賺錢……學習知識提高自己，並用提高的水準去執行更高等級的案子，賺取更多的獎金，然後再繼續自我提高……這樣才是一個正向的、有益的循環。

「你們現在接的那些小案件都是一級的低等案件，評分分數極低，要是想要提高評分，最好接一些二級案件。」

白晴將幾個公文袋推到他們面前，說道：「我看過你們的工作報告和訓練進度，你們現在已經有承接二級案件的能力了。這幾個案子都是循環型的二級案子，你們挑一個去做，要是不知道該怎麼做，你們可以查詢前輩的檔案庫……」

所謂「循環型的案子」是指，異常狀態就算解決了也會再度發生，完全消滅不了的案件。做這種任務的好處是，他們可以參考前輩們的「攻略」，壞處則是這種案件的獎金少，只是讓新手學習相關經驗的。

元勳看過檔案資料後，挑了一個離他們家最近的《山村詭事》案件。

案件的位置位於一座名為「石秀山」的小山，海拔高度大約五百米左右，是這附近的休閒景點，假日的時候會有很多人攜家帶眷地去那裡登山郊遊，學生們想要外出郊遊，也多會選擇那裡。

元勳和林邵陽以前也去過幾回，但是從沒在山上看見過什麼村莊，也沒聽說過有什麼山間鬼村的事蹟。

「你們選了《山村詭事》？」白晴看了他們選的項目一眼，「這是一個由眾多故事組成的異常村莊，是團隊任務，你們回辦公室後記得把報名表填了。」

「報名表？」

「任務詳情問你們前輩就知道了。」

白晴低頭開始處理公務，顯然不想再談。

她忙得要命，哪有時間跟他們慢慢解說這些事？

林邵陽和元勳帶著滿腦子的問號回到七組的辦公室，向錢蒼說明經過後，這才從他口中了解《山村詭事》的內容。

「這是一個異常的集合體，你們可以將它想像成是好幾個跟村莊有關的靈異故事的合集。」錢蒼如此說明道。

跟村莊有關的靈異故事很多，經過代代口耳相傳後，就逐漸凝聚成一個異常空間，這個空間會在磁場最強大的時候出現，要是有人誤闖空間，就會被困在裡面。

像這樣的異常磁場不少，後來地府的研究學者發現，這些同類型的異常磁場是可以相互融合、併成一個，為了管理方便，他們便將所有跟山村靈異有關的異常融合，並移動到石秀山上。

「為什麼會放在那裡啊？那裡假日有好多人去，怎麼不往更高的山上放？」林邵陽不解的問道。

「你以為這種異常是可以隨便放的啊？」錢蒼沒好氣的回道：「要安置異常，首先要先找到一個跟異常磁場相符的地理環境，還要不能影響周圍的住民，不會因為未來的都市發展被迫短時間內二次移動，這樣才能將異常挪移過去！」

「可是去石秀山玩的人很多，要是他們發生危險……」林邵陽面露糾結。

「那你說說，石秀山有傳出什麼靈異事件嗎？」錢蒼反問。

「……」林邵陽張了張嘴，發現自己沒辦法回答這個問題。

「錢哥，你等等，我上網搜尋一下。」

林邵陽拿出手機開始搜尋，發現新聞報導中，雖然有遊客因為迷路而失蹤一、兩天的消息，卻沒有死亡或是意外的事情發生。

「……還真的沒有。」林邵陽訝異了，「難道這個《山村詭事》不殺人？」

「怎麼可能不殺人？」錢蒼嗤笑，「如果它真那麼安全無害，它就不會是二級的團隊任務了。」

「那是為什麼？」

「因為附近有城隍廟跟聖母廟。」元勳說道。

地府處理這種異常的時候，都會選擇有廟宇鎮守的地方安置，確保異常有鬼神監控著，不會造成為害。

也是因為有城隍廟和聖母廟鎮守，加上地府每隔幾年就派人去清理一次，石秀山才會這麼平靜，沒有任何人死亡。

「《山村詭事》的申請只到這個星期五，下星期二就要出發了，你們先在公司內網把申請書填了，之後再去資料庫找攻略。」錢蒼提議道。

林邵陽和元勳依言照做，並在資料庫找訊《山村詭事》的相關資料。

元勳用關鍵字搜尋，一搜就搜出兩萬多筆資料。

他概略瀏覽一番，發現這個《山村詭事》一開始只有三個故事拼成，後來隨著時間增加，找到的異常變多，逐漸融合成一個十幾個靈異故事的大型異常。

根據上一批前去處理《山村詭事》的鬼差所述，他們進入的異常空間是一個組合村，目前共融合了七個村莊，每個村莊都有屬於自己的靈異故事，一個故事就是一條任務線，每個村莊的靈異故事數量大約是三個到五個之間。

清理這種異常的方式有兩種，一種是暴力破局，直接把裡面的人都揍一頓，揍到它怕了，異常就會將你踢出來，但是這種破局方式必需要實力強大的人才能辦到，要是實力不夠又在異常空間裡頭橫衝直撞，絕對會被異常反過來教訓一頓，死傷再所難免。

另一種是循規蹈矩的順著故事劇情走，幫忙裡頭的村民完成心願／找出兇嫌／清除邪惡等等，完成後就能夠從那個特殊空間離開。

元勳將最近幾期的攻略列印出來，拉著林邵陽一起學習和背誦。

看見他們在抄寫攻略筆記、背誦資料，石青開口說道：「你們也不一定要完全按照攻略的做，《山村詭事》裡面的情況並不是一成不變，故事與故事之間會相互融合，如果你們發現更好的應對方式，也是可以按照自己的心意去做的。」

「好。」

「裝備記得多帶一點，你們進入空間以後，大概會在裡面待上一、兩個星期……」錢蒼提醒道。他們設定的安全期是十五天，時間一到，救援隊就會出動，將他們從空間中救出，免得他們被異常空間吞噬。

不過這一點並不需要讓元勳他們知道，免得他們認為身後有支援就鬆懈下來。

「你們要是能夠完成這個案子，就可以從實習生轉成正職了。」石青意有所指的暗示道。

「……」元勳若有所思地看了石青一眼，獲得對方微微地頷首。

「完成這個任務就可以轉正嗎？」林邵陽高興的咧嘴笑著，「錢哥、石哥你們放心，我們一定會努力！不會給組裡丟臉的！」

02

林邵陽和元勳謹記兩位前輩的交代，出發當天背了半人高的大型登山背包，身上也藏了許多件裝備，看起來就像是要去挑戰世界最高峰似的。

集合廣場的大巴士前，跟他們一樣裝扮的人不少，甚至有人背著大背包又拉著一個行李箱的，但也有人輕裝上陣，只背了一個普通容量的背包。

現場的人互相打量著其他人的行李，表情各異。

「都到齊了嗎？來，我點一下人，叫到名字的舉手回答一下！」

巴士司機拿著名單，開始清點人數。

「秦朝、嘉木、艾萱、元勳、林邵陽、白燕、山雀……一共三十七人，好，沒錯！」

一個二級的團隊任務竟然出動了將近四十人！或許這個《山村詭事》並沒有攻略上說得那麼無害……

林邵陽暗暗提高對這個任務的警戒，元勳推了推眼鏡，目光閃爍。

大巴士載著他們上山，在接近異常的位置停下。

「往前走半公里左右就進入異常的範圍了，你們自己小心。」

巴士司機打開了車門，讓他們下車。

「一星期後，我會在這裡等你們，要是有人提前出來，就打電話回公司，讓公司派人來接，或者自己下山……」

下車的一行人按照巴士司機的話，沿著山路前行，元勳和林邵陽走在隊伍中間的位置。

「你們好，我叫做秦朝，是二組的成員。」

身材高大壯碩、像是健身房裡常見的肌肉壯漢的男子朝兩人走來。

「你好，我們是七組成員，我叫做林邵陽，他是元勳。」

元勳向來不喜歡應酬別人，所以這種跟陌生人互動和往來的情況，都是由林邵陽負責。

「七組？」秦朝回憶了一下，笑著對兩人說道：「我聽說七組來了兩名不錯的新人，應該就是你們吧？」

實際上，他聽到的評價是「這批實習生中最優秀的新人」，不過基於競爭的心態，他將誇讚打了折扣，不想讓對方太過得意。

「你們要不要跟我們組隊？」

秦朝指著走在他身後的一男一女，示意他們三個已經組隊。

這種團隊任務可以組隊，也可以單打獨鬥，而任務完成的標準，是看他們的評分。

按照內網那些前輩的說法，評分標準是任務參與度和完成度。

任務參與度就是解決的任務數量，完成度就是他們到的線索多寡和他們在完成任務時的重要性。

「組隊的成績怎麼算？」元勳反問。

按照他看過的資料，他們在各自組成小隊後，任務參與度分數是平均分配，而任務完成度則是他們自己討論該怎麼分，一般會有「平均分配」和「看貢獻多寡」兩種。

「平均分配，怎麼樣？」

平均分配聽起來很公平，但是現在他們並不清楚對方的能力，要是對方選擇全程混水摸魚，那元勳他們可就吃虧了。

在沒有合作過、對對方沒有任何了解的情況下，元勳還是習慣把人往壞處想。

元勳跟林邵陽互看一眼，從彼此的眼神中得到答案。

「還是各自行動吧！要是有線索，我們可以交換。」元勳婉拒了對方。

似乎是沒料到他們會拒絕的這麼乾脆，秦朝臉上的笑容僵硬了一下。

「不合作就算了，我們也不缺人。」他冷笑一聲，就帶著兩名成員離開了。

「翻臉翻的真快，還好沒跟他合作……」林邵陽低聲嘀咕。

剛才他的直覺告訴他，這個人不適合組隊合作，所以他用眼神跟勳哥表達了自己的想法，恰好元勳也是同樣的看法，便開口拒絕了對方。

現在看來，他們沒有跟對方組隊真是正確的選擇。

兩人又往前走了一段路，便看到一大團遮天的白色濃霧，像一面巨大的白牆似地擋在路中央。

這種詭異的現象並沒有引起眾人的驚訝，前輩們的攻略上都有提到，這個怪異的白霧高牆就是異常空間的入口。

眾人臉上露出興奮、忐忑、怯懦、躍躍欲試等神情，陸續地走了進去。

濃霧中無法辨識方向，他們只能謹慎地往前走著，也不知道走了多久，眼前的白霧終於散開，顯露出古樸的村莊模樣。

村莊的建築物大多是木料加上石頭混合搭建而成，僅有少數幾間是紅磚房。

他們站在村莊的入口處，附近是一片又一片翠綠的農田，零零散散的村民彎著腰在田裡工作，不遠處的大樹下還有幾名孩童在遊玩嬉戲。

孩子們的歡聲笑語和青蔥翠綠的稻田，交織出一幅清閒的農家景象。

「你們是誰呀？」

注意到陌生人出現，膚色黝黑的中年人從田裡走出，詢問著他們。

「你好，我叫做山雀，我們是來這裡旅行的旅遊團，不知道怎麼回事，走著走著就迷路了……」

染著一頭奶奶灰髮色，樣貌斯文、穿著潮T和牛仔褲，打扮很時尚的青年上前跟對方攀談。

山雀這個名字一聽就覺得是假名，不過他們這些陰差本就是真、假名混用，眾人並不以為意，而這位村民似乎也沒有察覺到名字的異常，面色平靜的跟山雀交談起來。

村民名叫「王大牛」，他說這裡是石秀村，村子是由王家村、李家村、陳家村、白家村等幾個小村子合併起來的。

雖然村莊合併了，但是他們並沒有完全融成一個村莊，每個小村都有自己的村長和風俗，村子之間雖然會往來，但是不會去干涉其他村子的事務。

「大牛叔，我們是來這裡旅遊的，你們這裡的風景很好看，我們可以在這裡玩幾天嗎？」山雀笑呵呵地問道：「你放心，我們會給錢的！」

原本還有些遲疑的王大牛，聽說會給錢後，臉色馬上好轉，不過他也沒有立刻答應。

「這件事我沒辦法作主，我帶你們去見村長吧！你們自己跟村長說。」
「好的，謝謝大牛叔。」
「大牛叔，我叫做秦朝，你可以跟我說說村子裡頭的情況嗎？」
似乎是不想讓山雀專美於前，在王大牛領路的時候，秦朝快速走到他身旁，跟他聊了起來。
而秦朝的幾個夥伴則是包圍在王大牛身後，形成一堵人牆，擋在其他人與王大牛之間。
有些人對於他們的舉動露出不悅神情，被擠出談話位置的山雀則是一臉無所謂的聳聳肩，走回戴著橘色粗框眼鏡、留著茶色妹妹頭的女孩身旁，兩人顯然是同伴。
跟其他人相比，山雀跟他的夥伴就像是潮流雜誌中的模特兒，不管是造型或是氣質都顯得跟其他人格格不入。

03

一行人很快就見到了王家村的王村長，王村長對於他們要留在村子裡的要求接受的很爽快，但他也提出了兩個要求。
「晚上不能出門。」
「不能去後山。」
這兩個要求都在攻略的標記裡頭，想留下來的人自是同意了，不願意接受的人也能去其他村莊。
這些規矩並不是所有村子共用，每個村子都有屬於自己的規定，像是不能去墳場、出現濃霧的時候要躲進房子、不能對某棵大樹不敬、晚上出門要提著白燈籠、女生不能靠近宗祠等等。

而「晚上不能出門」這一條，算是涉及範圍最廣的規定，王家村、李家村、陳家村和林家村都有同樣的規矩要遵守。

這大概也是村莊鬼故事中最常見的設定了。

元勳和林邵陽選擇入住白家村，白家村在行動上的限制是「出現濃霧時要躲進房子裡」，並沒有限制夜晚不能出門，在行動的自由度來說，白家村的條件可以說是最寬鬆，最適合他們外出尋找線索。

跟他們有同樣想法的還有兩組人馬，一組是山雀和白燕，另一組是秦朝的團隊。

也不曉得秦朝是怎麼說服其他人的，他的團隊已經從先前的三人規模變成了九人小隊，算是目前組隊人數中最多的隊伍。

秦朝的小隊因為人數眾多，入住了白家村唯一一間的小旅館，旅館房間不多，他們一群人入住後就沒有空房間給其他人了。

「哎呀，真抱歉，你們只能去跟村民借住了。」秦朝嘴上說著抱歉，表情卻是很得意。

小旅館其實有五間單人房和四間雙人間，照理說還能接納幾組客人，但秦朝的團隊卻將房間全包了，硬是不讓其他人入住，居心不良。

林邵陽和元勳也知道，小旅館是有任務線的，秦朝這作風就是不想讓人插手，想要自己獨吞這條任務線，要是換成其他人，肯定跟他們吵起來了。

元勳和林邵陽懶得跟他計較，小旅館的任務線可是凶險得很，攻略上都特別標注這裡的傷亡很高了——當然，任務完成的評分也很高——秦朝既然為了高評分願意冒險，那他們也不會多管閒事。

林邵陽詢問過白家村的村長後，在白村長的帶領下，一邊參觀白家村，一邊找尋能讓他們入住的人家。

最後，他們停在距離村中心有點遠的三合院前。

「這間房子看起來很乾淨，村長，我們可以住這裡嗎？」元勳指著三合院問道。

「這裡是姜婆的房子，她的脾氣有點古怪……我問問吧！」

白村長敲了敲院門，將屋主喊了出來。

姜婆駝著背從屋內走出，她的身形瘦小，花白的頭髮一絲不苟地梳成包頭，衣服老舊卻洗刷的很乾淨，看得出來是一位很注重整潔的人。

走近後，林邵陽和元勳才看清楚這位姜婆的樣貌。

從外表看來，她的年紀應該有六十幾歲，她整個人很瘦，近乎皮包骨的那種瘦，眉心有著長期皺眉的紋路，神情嚴肅，看起來很不好親近。

見到站在屋外的他們時，姜婆臉上沒有絲毫表情，像是將屋外的人都當成空氣一樣。

「姜婆，這兩位客人想住妳這裡……」白村長說明著來意。

「我家沒有多餘的空房間。」姜婆語氣平淡的拒絕了，說話的神情依舊死板板的，連眉頭也沒抬一下。

「怎麼會沒有房間？你兒子跟女兒的房間呢？」

「被我拿來堆東西了。」

「東西可以挪一挪……」

「不合適。」

不管白村長怎麼說，姜婆回話的語氣始終淡淡的，聽不出半點生氣。

白村長被她的態度惹惱了，覺得姜婆在外人面前損了他的臉面，不夠尊重他。

「好了，妳就挪一間出來給他們住！他們兩個一起！」白村長口氣強硬的說道：「人家來我們這裡玩，我們就應該要對客人熱情一點，而且人家又不是不付錢，住一天兩百元，這麼好賺為什麼不賺？」

「那就讓他們去住你家，這錢給你賺。」姜婆神色平靜的堵了回去。

「我也想啊！可是人家就看中妳這裡啊！」白村長沒好氣的回道；「妳煮飯的時候記得加上他們兩個的份，反正妳平常也要煮飯，不算麻煩……」

「煮一個人的飯跟煮三個人的飯又不一樣，你怎麼知道不麻煩？」姜婆表情平淡的堵了回去。

「……」白村長的臉色漲紅，很明顯是被氣出來的。

「行了！反正妳要把人照顧好！我走了！」

白村長說完後，扭頭就走，邊走還邊大聲埋怨。

「這麼好的賺錢機會還拒絕？真是沒腦子！蠢貨！」

被村長留下的林邵陽和元動尷尬地跟姜婆對望，不曉得該怎麼辦。

三個人安靜了幾秒，最後還是由姜婆打破這份沉默。

「進來吧！」

姜婆推開院子的門，放他們兩個進入。

「對不起，給您添麻煩了。」元動客氣地道歉。

「你們兩個確實是個麻煩。」姜婆毫不客氣的回道。

「抱歉。」元勳再次道歉。

姜婆沒有理會，自顧自地往屋內走去，領他們到空房間。

房間內就像姜婆說得，被她拿來堆東西了，屋子裡放著好幾個木箱子和藤箱子，還有一些零散的鍋碗瓢盆。

雖然被當成儲藏室，房間裡卻也不凌亂，東西都是被靠著牆邊放置的，只要打水把床鋪擦乾淨，再鋪上床墊、棉被就行了。

「這是我兒子的房間，這裡的家具和木板床都是他結婚時買的……」

房間內的家具並不多，一張木製雙人床、一個衣櫃和一個梳妝台，上面的雙喜紅字脫落了部分，看起來很有年代感。

「你們自己把屋裡頭的東西挪一挪，整理乾淨……」

「好，謝謝姜婆。」林邵陽很識相地接話配合。

「棉被在衣櫥裡，前兩天剛洗過，你們自己拿出來蓋。廚房在左邊，浴室跟廁所在右邊……」

房屋的結構很簡單，姜婆三言兩語就介紹完畢了。

「食物我會放在廚房的桌上，沒事別煩我。」

冷淡地丟下這句話後，姜婆轉身離開。

林邵陽和元勳互看一眼，將行李放下，開始收拾房間。

04

這位姜婆本身也是個有故事的人。

姜婆原本的家庭很美滿，她育有一子一女，丈夫是一名優秀的農夫和獵人，家中的經濟水準在村裡算是富裕的。

後來她的丈夫在某次上山打獵時出了意外，根據一同前去又僥倖逃回的同伴說，姜婆的丈夫是被突然出現的白霧吃掉的。

在這之前，白家村並沒有「吃人白霧」這種東西，而在姜婆的丈夫喪命後，這個白霧就出現了。白霧從姜婆丈夫遇害的那座山湧現，慢慢地從村莊外圍滲入村子內部，所有進入白霧的人，最後都成了一具破敗的殘屍。

——如果只是失去蹤影，村民們還可以自我安慰，說不定人還活著，只是被白霧困住了，但那鮮血淋漓、像被野獸撕咬開的屍塊，無疑是在告訴村民，這些人確實是死了。

白霧出現的時間點不定，最初是深夜跟清晨會出現，後來黃昏時間也見到白霧，再後來連中午也能見到……

村民們害怕的不得了，整天都關在家裡不敢出門，田地因此荒廢。

後來還是白村長覺得這樣下去不行，村民們只會被困死在村莊，可是白村長又不敢離開村子向外求援，就在他焦急時，他突然想起孩童時，爺爺曾經說過的「山神獻祭」的故事。

據說，他們白家村以前都會向山神獻祭，獻祭的物品是水果跟牲畜，可是那時候的田家村，因為農田荒廢了，村民也沒有錢購物，食物早就不足，哪裡有祭祀的供品能上供呢？

即使如此，村民還是努力將食物湊一湊，向山神獻上了供品。

供品送上了，白霧還是持續出現，顯然祭祀是沒用的，村民們不知道該如何是好。

這時，有一名老道士經過這裡，他跟村民說，山神不缺供品，祂想要的是「新娘」，只要村民獻上一名年輕的未婚女性，山神就會庇護村民。

當時最先被送給山神的，是一名無父無母、無依無靠的孤女。

獻上新娘後，白霧確實消失了，村民們對此很開心，生活又恢復正常作息。

村民還發現，給山神送上新娘後，他們村子裡的農作物都豐收了，飼養的家畜也繁衍的很好，讓他們賺了很多錢，家家戶戶都過上好生活。

村民們對於山神和白霧的恐懼在金錢跟利益中消失大半。

時隔三年，白霧再度出現。

村民們雖然覺得慌亂，但是因為有了第一次的經驗，他們也知道應該要怎麼做了。

他們又選擇了一名孤女，將她嫁給山神，而且這次舉辦的「送嫁」儀式比第一次還要盛大，供禮祭品也比第一次要來的好。

大概是村民的舉動讓山神很高興，第二位新娘獻上後，村民們甚至在山裡挖到了人蔘和靈芝，賣了不少錢。

就這樣，村民們每三年一次送上新娘，漸漸形成慣例，只是送上五位新娘後，白霧出現的時間開始提前，變成兩年就出現了。

雖然時間縮短讓村民又開始恐慌，但是因為新娘送嫁後，村民們得到的好處不少，被金錢誘惑的部分村民甚至覺得這是好事，甚至想要將「山神娶妻」當成村子裡的祭典大事舉辦。

而一些看不慣這種風俗的人，紛紛搬離了白家村。

又過了一段時間，白霧出現的時間從兩年縮短成一年……

這時，村子裡的孤女都已經被「嫁」出去了，只能從有家庭的人家找女孩。

一些重男輕女的家庭並不覺得痛苦，他們甚至盤算著要是他們成為「山神的親家」，他們可以從山神那裡獲得更多的庇護。

而事實也是如此。

家裡有女兒嫁給山神的家庭，確實「賺」到更多的錢財。

一些喪心病狂的人甚至還對外買孩子，想把這些買來的「女兒」養大，嫁給山神，為家裡多賺點錢！

再然後，白霧出現的時間從一年縮短成八個月……

這個時期，白家村所有人家都有女兒嫁給山神，那些女兒生的多、又重男輕女的家庭甚至嫁出了好幾個。

只是人的成長總是需要時間的，女孩們的成長跟不上白霧出現的速度，白家村開始有人被白霧吞噬了。

姜婆的兒子也在這個時候死於白霧中。

那些利益薰心的人開始惶恐了，錢再多也要有命享受！他們開始想要搬離田家村，卻驚恐的發現，白霧竟然包圍住村莊外圍，他們出不去了！

為了自保，白家村只能將新娘的年紀一再降低，從十七、八歲變成十五、十四歲，再到

十三、十二歲，有時候年紀真的夠不上時，他們也會嘗試將寡婦嫁出去。

——或許山神沒那麼挑剔，嫁過人的寡婦也願意收下呢？

村民抱著這樣的希冀獻出了寡婦新娘。

寡婦出嫁的結果就是白霧出現的時間往前推進一大截，變成三個月就出現一回。

白家村的人陷入惶恐不安，他們開始互相指責和怒罵對方，只是他們有再多的怒氣也無濟於事。

到了現在，白霧出現的頻率大概是三天一回，而無法離開的白家村村民也已經習慣白霧的存在，學會跟白霧和平共處。

元勳跟林邵陽的目的就是解決白家村的白霧事件。

第九章
白家村

01

「要解決吃人的白霧，攻略上說了兩個辦法，一個是進入白霧跟白霧裡頭的怪物打一場，將它擊敗，白霧就會散去；另一種是抽絲剝繭的找尋源頭，了解白霧發生的原因……」

而跟白霧起源有關的受害者，是姜婆的丈夫。

元動查找到的攻略都說，姜婆的丈夫是被人害死的，死去後因為心有不甘，所以化成了白霧回來報復村民。

報復過後，姜婆的丈夫因為殺戮的關係，自己也成了厲鬼，迷失心智，這才會繼續害人。

「……所以我們只要找到姜婆丈夫的屍骨，把它淨化了，就能讓這場白霧消失，這條任務線就完結了。」林邵陽點頭做出總結，「攻略有提到要去哪裡找嗎？墳場？」

「攻略上沒說，要自己找。」元動搖頭說道。

畢竟這是任務，前輩即使要給攻略，也不會給的太詳細，執行任務的人還是需要自己動腦筋思考的。

「白家村並沒有說墳場不能去，也沒說山上不能去，我們直接去找找看吧！」林邵陽是個行動派，習慣直接到現場找尋線索。

兩人走出門時，見到在院子裡晾曬衣服的姜婆。

「姜婆，我們要出門去走走，可能不會太早回來……」林邵陽像是跟家中長輩稟報行程一樣的說道。

「姜婆，我們中午會在外面吃，您不用做我們的飯。」元勳也跟著說道。

現在的時間是上午十點多，這時候出門調查的他們肯定趕不回來吃午餐。

「你們就算不回來也沒關係。」姜婆冷漠的回道。

被堵住話的兩人也不以為意，他們跟姜婆打聲招呼後就離開了。

看著兩人遠去的背影，姜婆面無表情的收回視線，繼續晾曬洗好的衣服。

村子裡有販賣炒麵、湯麵、滷肉飯這類簡易食物的小吃攤，價格低廉又便宜，不過為了安全起見，林邵陽和元勳還是在用餐前先吃了萬用解毒除穢丹，這才開始吃飯。

萬用解毒除穢丹是地府研發的解毒、除穢的萬用藥，主要功能是讓陰差淨化體內的穢氣邪煞，也能用來醫治體內邪穢、煞氣和陰氣過多的陽世凡人。

凡人體內的陰氣過重時，會影響到身體健康和生活作息，也有一些陰間的食物會附加陰體寄生作用，一旦被陰體寄宿，久而久之會將宿體取而代之。

即使沒有寄生用途，陽世活人吃了陰間食物總是有礙的。

林邵陽和元勳都是凡人，對於這類食物都必須避諱，雖然攻略上沒說不能吃這裡的食物，他們自己也有攜帶食物過來，但是考慮到以後可能會有被迫用餐的情況，元勳和林邵陽決定在自己可以選擇的情況下，先進行測試。

吃飽喝足，兩人又到隔壁的雜貨店買了礦泉水和餅乾零食。

在他們走到雜貨店挑東西時，小吃攤的老闆娘也跟了過來，也是因為這樣，他們才知道，原來小吃攤跟雜貨店是夫妻開設的。

老闆娘負責小吃攤，老闆負責雜貨店。

老闆是圓圓胖胖的體格，老闆娘是高高瘦瘦的模樣，一胖一瘦，很是搭配，而且兩人的臉很有夫妻相，笑容相當相似。

雜貨店販賣的點心和餅乾都很有年代感，像是卡哩卡哩、貓耳朵餅乾、元寶巧克力、橡皮糖、牙膏巧克力醬、果凍條、綠豆糕以及被稱為台式馬卡龍的小西點等等，有些零嘴林邵陽小時候吃過，更多的則是連見都沒見過。

「有卡哩卡哩耶！好懷念！我好久沒吃了！」

林邵陽興奮地抱著一大包透明袋包裝的卡哩卡哩，興沖沖地跟雜貨店老闆詢問價格。

卡哩卡哩是一種古早味的零嘴，黃色的螺旋狀造型，約莫手指長寬，味道有鹹口跟甜口兩種，林邵陽拿的是甜味的。

「你別忘了我們還要參觀村子……」

元勳看著林邵陽懷裡那包幾乎有半人高的卡哩卡哩，頗為無奈的提醒道。

「不要緊，這個有賣小包裝的。」

雜貨店胖老闆笑嘻嘻地拿出體積只有大袋子一半的小包裝，即使如此，那個小包裝也有外出背包那麼大。

「還有小包的啊？」林邵陽將小包裝接過手。

「這種大包裝的雖然吃起來爽快，不過我們這裡的人都不給孩子吃麼多零嘴，所以我們拿到貨以後，都還會分成小包……」雜貨店胖老闆笑著回道。

「那就買這個！」林邵陽爽快地結帳。

元勳也沒阻止。

他們的身分是來這邊遊玩的人，拿著零嘴邊走、邊吃、邊參觀，這才是遊客該有的模樣。

這麼想著，元勳拿出手機，給弟弟和雜貨店拍了幾張照片。

「勳哥，我們一起拍！」

林邵陽拉著元勳自拍，還請雜貨店老闆幫他們拍了幾張。

這時，秦朝的團隊從旅館出門，看見他們的模樣，不屑地冷笑一聲。

「你們兩個可真有閒情逸致，連這麼破舊的雜貨店也拍的這麼開心……」

丟下這不陰不陽的一句話後，秦朝領著他的隊員大搖大擺的離開。

「呸！什麼破舊？我家的店前幾年才翻新！不識貨的小鬼！」老闆娘滿臉的不滿，還朝秦朝的方向啐了一口。

「那小子是你們朋友啊？怎麼講話這麼難聽！」胖老闆也是皺著眉頭，很不高興的問道。

任誰被說自己的店是小破店，肯定都會不爽的。

「才不是朋友！他就是一個莫名其妙的神經病！」林邵陽也忍不住罵道。

原本是不想理會秦朝的，可是任誰被這麼三番兩次的針對，再好的脾氣都會爆！

「我們只是剛好跟他們是同一個旅行團，之前完全不認識。」元勳向老闆解釋道：「也不知道為什麼，他對我們說話都陰陽怪氣的，好像我們哪裡得罪他了，可是我們根本就沒跟他相處過……」

「之前我們本來要跟他們住同一間旅館的，那間旅館可以住十幾個人，他們隊上只有九個人，可是他偏偏把所有房間都佔了，就是不給我們住！」林邵陽跟著附和道。

「他肯定是看你們兩個長得比他帥！忌妒了！」老闆娘像是看穿秦朝心思似地說道。

元勳笑著謝謝老闆娘的稱讚，又反過來誇老闆和老闆娘也長得好看，很有夫妻臉，把兩人哄的眉開眼笑。

「你們以後離那個人遠一點。」老闆娘好心叮囑，「像他那樣的人我看多了，心眼小、嘴巴臭！自己不行就忌妒別人，眼高手低，還不知道反省自己……」

老闆娘叨叨絮絮的數落了一通，林邵陽和元勳也不時地應和幾句，配合的很有默契。

02

「聽說你們是來村子旅遊的？你們現在住在哪裡？」胖老闆隨口問道。

「我們住在姜婆家裡。」林邵陽笑著回道。

「姜婆啊……」胖老闆和老闆娘互看一眼，表情有些異常。

「姜婆怎麼了嗎？」發現兩人似乎欲言又止，林邵陽連忙追問。

「她也是個可憐人。」胖老闆略帶感慨的說道：「姜婆年輕的時候，在我們村子可是村花！很多人搶著要娶呢！她嫁給她的丈夫老姜時，那些追求她的人可傷心了……」

「老姜也不錯。」老闆娘誇起了姜婆的丈夫，「他長得也好看，人勤勞，會做農活、木工，還會打獵！給得聘禮也多。他們兩口子可恩愛了，要不是後來發生了那件事，他們肯定會是我們這裡最幸福的夫妻……」

雜貨店老闆娘嘴上說著同情的話，表情卻是一臉的八卦，就等著林邵陽他們接話，好讓她將後面的「故事」說出來。

「她家出了什麼意外嗎？」元勳很配合地接口問道：「剛才在她屋裡好像沒看到姜婆的家人，她家裡的人呢？」

「老姜跟小姜都被白霧吃了！她的女兒秀麗嫁給了山神，家裡不就剩她一個了嗎？」雜貨店老闆娘搖頭嘆息。

「既然她們家就剩下姜婆跟她女兒，怎麼還把她的女兒嫁給山神？不是應該留一個孩子跟姜婆作伴嗎？」林邵陽滿臉不解的反問。

即使每家每戶都要出人，可人家姜婆家裡就剩一個孩子了，怎麼也該給人留個後吧？

「這個……聽說是前任村長的意思，他們怎麼談的我也不知道。」

雜貨店老闆娘的表情有些僵硬，目光閃閃躲躲地，一看就讓人覺得有問題。

從外表看來，雜貨店兩口子的年紀只比姜婆年輕幾歲，當初的事情他們應該也是經歷過的，他們兩人不肯說，或許是因為當初的事件有什麼令人難堪的內幕，讓老闆娘沒有臉說出口。

導致姜婆一家絕戶的隱情，元勳猜想也不過就是那幾種情況——家裡有女兒的不願意讓女兒出嫁，欺負姜婆孤兒寡母沒有依靠，推姜婆的女兒當替死鬼；姜婆得罪了前任村長導致前任村長報復，故意讓她的女兒出嫁……

雖然也有姜婆自願獻出女兒的可能性，但是考慮到她就剩下這麼一個孩子，這麼做實在不合乎常人邏輯，這樣的可能性極小。

「是不是那個時候只剩下他們家裡有合適的人選？」元勳看著老闆娘的表情，開始替她打圓場。

「對、對，當時就剩下他們家有年齡合適的新娘……」老闆娘順著元勳的話往下說。

一旁的胖老闆翻了個白眼，沒好氣的嘀咕，「什麼剛好合適啊，分明就是前任村長欺負人，她們一家孤兒寡母也不容易……」

「老胖！」老闆娘拍了丈夫的肩膀一巴掌，不讓他繼續往下說。

「我又沒說錯……」胖老闆小聲嘀咕，卻也不再提這件事了。

見狀，林邵陽和元勳也識相地不再追問，向老闆他們道謝後，便朝著後山的方向走去。

目送兩人走遠，胖老闆這才揉著發疼的肩膀，埋怨道：「妳怎麼不讓我說啊？」

「說什麼說？這可是解謎任務，你一次說清楚了，他們還查什麼案啊？」老闆娘沒好氣的回道。

「反正他們都查過攻略，知道大概的劇情了，快點讓他們完成任務不好嗎？」胖老闆不以為然地嘟囔道：「快點讓他們查完案子、快點淨化異常空間，大家都舒服，你好我好大家好……」

他們雖然是異常空間裡頭的居民，但是經由地府的收編，現在也算是陰間的合法百姓了，唯一跟陰間百姓不同的地方是，因為異常空間的關係，每隔一段時間就需要淨化一次，而他們也需要像演戲一樣，重複一次「故事」的內容。

「同樣的戲碼一直重複的演，我都快演吐了！」胖老闆齜牙咧嘴的做了個鬼臉，圓胖的臉皺巴成一團，長長的舌頭吐出，探及胸膛。

「舌頭縮回去！醜死了！」

老闆娘又拍了他一巴掌，把他打回原狀。

「小力點，臉差點被妳打歪了。」胖老闆揉著胖臉，埋怨地說道：「人家那些舞台劇演員演幾千次、上萬次都沒演膩，你才演個幾百次就在喊膩……」

「我跟他們不一樣啊！我的夢想是當編劇，又不是當演員！」胖老闆為自己辯解道，他可是懷抱夢想，朝著作者的道路前進的逐夢人！

「當演員有什麼不好？」老闆娘撇了撇嘴，「以前我們演的時候還沒錢拿呢！現在多好！現在地府徵用我們這裡當考場，還付錢請我們協助……」

老闆娘一邊數落著胖老闆、一邊收拾貨架上的商品。

「我們要有職業道德！要好好考核這些實習生！不能偷懶！知道嗎？」

「我也沒有偷懶啊，剛才不也是表現的很好嗎？」胖老闆覺得自己被罵得很冤枉。

「好？是啊，好的都想要在第一天就劇透了！」老闆娘瞪他一眼，沒好氣地說道：「考試時間是兩星期，你第一天就要讓他們解決村子的主線劇情？電影要是像你這麼演，肯定沒票房！」

「不是還有其他劇情線嗎？幾個村子加一加也有三、四十個故事，夠他們折騰了……」

「那也不行！」老闆娘再度瞪眼，眼睛暴凸的都要掉出眼眶了。

胖老闆縮了縮脖子，也不敢多說。

03

「算了、算了，你在這裡太礙事了，走吧！我幫你看店！」

老闆娘像是驅趕蒼蠅一樣的揮著手。

「走？我要走去哪裡？」胖老闆瞪大眼睛指著自己。

他覺得自家老婆越來越無理取鬧了，竟然要將他趕出家門，難道是更年期到了？

「你的劇本不是在這一次考核使用了嗎？你不想去看看？」

老闆娘斜睨他一眼，她早就看穿自家老頭子的心思了。

「從早上就一直心神不寧，一直往山上看，還以為我沒發現？」

提起此事，胖老闆咧著嘴笑開。

「看！當然要去看看，這可是我的第一個劇本！」他笑得臉上的肉都擠在一塊，眼睛瞇成了一條縫，嘴巴咧到耳下的位置。

頓了頓，胖老闆又有些埋怨的說道：「地府那些人也真是的，明明我寫的場景是墳場，他們偏偏把場地挪到山上去……」

「人家那樣安排才是最安全、最好的！」老闆娘沒好氣的冷哼一聲，打斷胖老闆的話，「你也不想想，要是照你說的把怪物弄在墳場裡，怪物要是跑進村子怎麼辦？你想害死全村的人啊？」

他們是異常空間裡的居民，空間不滅，他們也不會消亡，但是受傷也是會痛的！

胖老闆想想也覺得老闆娘說得對，嘿嘿地乾笑兩聲。

「這不是、這不是墳場比較有氣氛嘛！多少故事都發生在墳場啊！那可是一個大熱點！」

胖老闆是以村莊鬼故事為創作主題的，村子裡的旅館、村民、村長、祠堂、紙紮舖跟後山都已經被「故事」佔據了，只剩下墳場這塊還是空著的，所以他才想用墳場來寫個故事，把那個空白佔了。

「還好我們村子的墳場是空的，要是真有人『住』在那裡，他肯定會來找你算帳！」老闆娘吐槽道。

「就是知道它是空的，我才會設定在那裡，那邊要是真的有『人』，我也不敢啊……」胖老闆瞇著眼睛笑道。

「行了、行了，你走吧！」老闆娘再度趕人，「那兩兄弟也是要去山上，說不定他們會觸發你的故事，你瞧瞧去……」

「有可能。」胖老闆認同的點頭，「那個叫小陽的靈感挺強的，貨架上這麼多商品，被他挑中的都是活人能吃的，不能吃的他都沒碰，說不定還真的會被他觸發故事……」

小吃攤和雜貨鋪也是有支線劇情的。

而且是攻略任務都未曾提到的隱藏劇情。

小吃攤和雜貨店裡販賣的是陰陽兩界的商品，要是活人吃了不能吃的陰間食物，就會精神不振、生病、長出動物的毛髮，變得越來越像是「動物」……

要是不化解，那人就會變成牲畜，被老闆和老闆娘宰殺販賣。

雜貨鋪的故事脫胎於《聊齋》的〈造畜〉篇。

〈造畜〉的故事裡，變成驢子的受害者只要喝了水就可以變回人，而被食物變成牲畜的人，需要潛入雜貨店中，找出老闆和老闆娘藏著的解藥，將那解藥吃下就能恢復成人。

「那個叫大動的也很厲害，家裡應該是有傳承的，身上的靈光不弱……」雜貨店老闆娘附和道。

「聽說這批的好苗子不少。」胖老闆感慨道。

「就算是好苗子，人品不過關也不行，我們要幫著多挑挑。」雜貨店老闆娘回道。

「妳也管太多了。」胖老闆可沒有老闆娘這麼勤勞，「他們有監考官跟著進來，村子裡還布置了監控，考生的一舉一動都被監看著，是好是壞人家一看就知道，根本不用我們費那個勁……」

「囉唆！我想幫忙不行啊？」老闆娘沒好氣地瞪他一眼，「行了、行了！你趕快去後山看你的故事！別在這裡礙事！」

老闆娘一邊挑揀著貨架上的商品，一邊催促著胖老闆離開。

「妳拿這些東西做什麼？」

胖老闆看見老闆娘從貨架上拿了一堆零嘴和飲料，好奇地發問。

「拿去給旅館老闆，讓他送給住在他那裡的客人吃！」老闆娘瞇著眼睛，陰森森地說道。

秦朝他們入住的旅館就在雜貨鋪的斜對面，村子裡的左鄰右舍都是熟悉的，胖老闆他們跟旅館老闆自然也有交情。

「敢說我的店又舊又破，老娘不整死他們，我就跟他姓！」

老闆娘修剪整齊的指甲突然變得尖長，手上拿著的蘋果被她一手捏碎，果肉和汁液落在地上。

「是該好好『招待』一下。」胖老闆也陰沉沉地咧嘴笑了，「可惜我們已經『從良』了，不然……」

後續的話，隱沒在兩人猙獰又相似的笑臉中。

04

白家村後山。

在目標位置不明的情況下，元勳和林邵陽並沒有趕路，而是像郊遊一樣地邊走邊拍照。

拍照能讓他們在事後翻檢照片時，發現自己沒有注意到的地方，這也是他們的一點小心機。

他們不能在這個異常空間曝光自己的身分，也不能暴露自己的用意，只能偷偷地、小心翼翼地調查線索，免得驚擾了空間裡頭的居民。

——不能驚擾當地居民，不能在調查過程中讓他們得知你的企圖，否則他們會變成厲鬼，將你吞噬殆盡！

這是所有攻略都提到的警告。

雖然資料上說，這個任務的死亡率很低，只要按照攻略走，不故意在這裡鬧事，一般都是能夠成功過關。

但是根據元勳的調查，這個任務也曾經有過傷亡。

他不希望心存僥倖，認為他們運氣好，不會碰上危險。

走著走著，他們突然發現一座殘破的墳墓，墳墓被一道長長的大裂口從中間剖開，中間的棺木已經失蹤，只餘下一個能讓人鑽入的大裂口。

墓碑斜斜地傾倒在地，上面的亡者姓名已經模糊不清，只有姓氏能夠隱約分辨出是個「吳」字。不是白家村人，也不是其他組合村的姓氏之一。

站在旁邊往下望去，這個裂口極深，彷彿通向地底深處。

林邵陽站在洞口邊緣，拿著手電筒照了一會兒，而後搖了搖頭。

「裡面很深，看不到底部。」

元勳彎腰撿起石頭扔進洞口，想要藉由石頭落地的聲音判斷洞穴深度。

石頭丟進去後，傳出幾聲撞在洞壁的聲響，就再也沒有聲音。

元勳皺著眉頭，又扔下一顆更大的石塊。

這次的撞擊聲響比之前清晰一些，最後甚至聽見隱約的水花聲。

「大概三、四公尺深，底下好像有水……」

就是不知道是積水，還是地下河水，又或者是其他不明液體了。

元勳將手機鏡頭對著墳墓和裂口錄了一段畫面，而後準備離開。

「勳哥，我們不下去看看嗎？」林邵陽問道。

「進去做什麼？找死啊？」元勳回他一記白眼，「這可是墳墓下面的地洞，在靈異背景下，這種地方最容易出事！」

就算沒有靈異力量影響，一個尋常墳墓的地底下也會有各種蟲蛇鼠蟻和各種病菌，要是不小心被咬了一口，感染莫名其妙的病毒怎麼辦！

「可是我們不是來這裡調查的嗎？」林邵陽回道。

道理他都懂，可是他們是來調查案子的啊！好不容易發現一個線索，不應該進去看看嗎？

「這墳墓不姓白、也不姓姜，跟我們要調查的任務沒有關係。」元勳推了推眼鏡，說出他的想法，「這裡的村民都是遵循傳統葬禮，死後葬在村莊裡的墓地，這個人被埋在山上，肯定不是村子裡的人，墳墓破敗成這樣，應該也不是村子裡的親戚。」

不然村民應該會偶爾過來為他掃墓，為墓主清掃周圍環境。

「我猜，墓主可能是外地來的流浪漢，不過不管他是什麼身分，他都跟我們現在要調查的案件無關……」

元勳下了這樣的結論。

「可是……你不覺得這個地洞很奇怪，不想下去看看嗎？」林邵陽遲疑地問。

「你覺得，這下面會有什麼東西？」元勳反問。

「啊？這個我怎麼知道？我又沒有下去過。」林邵陽回道。

「按照你以前看過的靈異電影、恐怖電影去猜一猜，你覺得要是這是電影，主角下去以後會遇到什麼？」

「大概就是殭屍、鬼、怪物、野獸這類吧？」

按照以往看過的電影和小說的經驗，林邵陽想也不想地回道。

「既然你都覺得下面會有這些東西了，你還想下去？」元勳嗤笑一聲，「你覺得你是電影男主角，不管遇到什麼危險都不會死？」

「……」林邵陽被說的啞口無言。

他承認，他剛開始看到這地洞時，是好奇心大於畏懼，還真有點將自己當成男主角，以為自己很強大、很厲害、無懼任何怪物。

現在被元勳這麼當頭潑一桶冷水，他也冷靜下來了。

「那……我們要繼續逛還是回去？」

「往前走有一條下山的路，正好繞一圈。」元勳回道。

「好。」

兄弟兩人就這麼離開了，把躲藏在草叢中的胖老闆氣得牙癢癢。

「這一批實習生不行啊！膽子這麼小！」

「你們不是懲惡除魔的鬼差嗎？就算覺得墳墓有問題，也應該要下去看一看啊！」

「我可是設定了很棒的地穴探險，下面有一個大洞窟，還有好多怪物，怎麼可以不下去看看呢？」

「我還設置了寶物在裡面，想著等你們冒險結束給你們獎勵……」

「可惡、可惡、可惡！那麼理智做什麼？你們可以把自己當成電影主角啊！」

「啊啊啊啊啊！為什麼不進去！那可是我的心血結晶啊！嗚嗚嗚嗚……」

胖老闆煩躁的抓亂頭髮，像個孩子般滿地打滾、嚎啕大哭，眼睛流出了血淚。

「不行！他們不來，我就把消息放出去！那麼多實習生，總會有人過來的！」

胖老闆抹去血淚，握緊拳頭，做出了新的「誘拐」計畫。

他腳步飛快的朝山腳下跑去，動作輕盈靈巧，完全不受圓胖的身軀影響。

待胖老闆走遠後，先前說要下山的元勳和林邵陽這才輕手輕腳的出現。

「原來這個裂縫是胖老闆弄的陷阱啊？還好我們沒有下去……」林邵陽拍著胸口，滿是慶幸的說道。

「為什麼他會知道我們是實習生？還說我們是懲惡除魔的人？」元勳皺著眉頭，覺得事情頗不單純。

「對喔，為什麼他會知道我們是陰差？」林邵陽後知後覺的附和。

元勳想著那些攻略中透出的隻字片語，和內容幾乎類似的攻略，腦中突然閃過一個想法。

「你有從老闆身上感受到惡意嗎？」他確認地問著。

林邵陽歪著腦袋想了想，而後搖頭。

「沒有，他跟老闆娘給我的感覺挺友善的……」頓了頓，林邵陽又進一步解釋道：「不是好人的那種友善，是那種『不招惹他們，他們就不會害你』的友善。」

元勳點點頭，說道：「那我們繼續跟老闆和老闆娘保持友好關係。」

在資訊未明、情況未明的情況下，參考林邵陽的靈覺行事也是一個不錯的方式。

「那這裡……」林邵陽又看了一眼地下的裂口。

「這裡先不管。」元勳不打算當第一個測試的白老鼠，「我們還是按照原訂計畫，先把姜婆的事件解決了，再去找幾個小事件完成。」

按照攻略上的說法，解決一條主線就能拿到合格分，要是小型的支線任務，差不多需要兩、三件才算合格。

姜婆的事件是主線任務，元勳他們打算先拿到合格分數，再多做幾個小任務進行加分。

「以後遇到村子的人，記得對他們禮貌、客氣一點，別以為有攻略就一定沒問題。」

元勳不能肯定自己的猜測，也不好跟林邵陽說明原因，免得他胡思亂想，只能盡可能地避開可能造成他們任務失敗的因素。

林邵陽不清楚元勳的想法，不過他本來就是一個喜好結交朋友、與人為善的性格，自然不會反對。

第十章
實習生轉正考核

01

隔天上午，林邵陽和元勳在村子裡繞了一圈後，又跑到小吃攤吃東西。

當他們吃著午餐時，幾名陰差實習生走了過來，圍著老闆和老闆娘打探消息。

「你們住隔壁村啊？那裡挺不錯的，村民都很熱情。」

「是很熱情，大家都很愛請吃飯，我們幾乎從早吃到晚……」

想到他們在村子裡經常被拉去吃飯，不敢吃又不能不吃的情況，一群人的笑容變得僵硬又痛苦。

「那裡晚上不能出門好麻煩，我想拍夜景……」

「沒辦法，那村子晚上聽說會有吃人的怪物出現，太危險了。」胖老闆一邊用抹布擦拭櫃台，一邊笑嘻嘻的回應。

「那都是嚇唬人的吧？我住鄉下的外婆也會用這招嚇我，說晚上會有魔神仔出現，把小孩帶走……」

「也不完全是騙人的故事，我們這邊就真的有吃人的白霧。」胖老闆回道：「要是不信，你們可以等白霧出現的時候試試……」

「……」

一群人的表情都僵了，他們只是故意引話題、想要找線索，怎麼可能會真的闖進白霧裡頭找死？

「故事不全是騙人的，你們不要不相信……」

表面上看來，是實習生們在老闆和老闆娘套話，但是要是仔細觀察，就會發現是老闆和老闆娘引導著話題走向，而不是那些陰差實習生。

「後山那裡也不能去，那邊有個廢棄的墳墓，也不知道是誰的，問了一圈沒人認識，好像是突然冒出來的一樣，可怪異了！」

胖老闆的表情顯得有些神祕兮兮的，語氣也刻意壓低不少，營造出一種訴說隱密的氣氛。

「之前地震的時候，那裡震出了一條大裂縫，正好把那墳墓剖開！嘖嘖嘖！你們說，這件事離奇不離奇？那麼大的墳墓就直接被震裂了，看起來可真是詭異……」

「嗯嗯嗯，確實很詭異……」

眾人被唬得一愣一愣，順著胖老闆的話點頭。

「老闆，那座墳墓是誰家的墳墓啊？怎麼不遷走？」

「不知道呀！所有人都說不是他們家的，那姓氏也不是我們這裡的……」胖老闆的語氣一頓，又壓低了聲音。

「不過我聽說啊，那好像是某位王爺的墳墓，聽說裡頭有好多古董，之前就有人撿到金條，嘖嘖！也不知道是真的撿來的還是跑下去拿的……」胖老闆撇了撇嘴，似乎認定那金條根本就是有人跑下去拿的。

「要是我也能撿到金條就好了……」胖老闆羨慕的嘀咕。

旁聽的陰差實習生倒是不在意，金條又如何？古董又如何？這些東西又帶不出這裡，還不如收集線索解任務，獲得高評分！

「你們聽歸聽，可別跑去後山啊！」老闆娘皺著眉頭，插嘴勸阻道：「我聽人家說，那邊到了晚上，裂縫裡頭會有怪物爬出來！聽說那怪物的眼睛是紅的，會吃人，很可怕！」

「真的呀？」

「真的有怪物？不會是看錯了吧？」

「騙你們做什麼？你們可千萬別去啊！很危險的！」老闆娘鄭重地叮囑。

鬼差實習生們眼睛一亮，這就是他們想找的線索啊！有怪物，他們就能打怪獲取分數！就能拿到好評分！

「老闆娘，怪物長什麼模樣？」

「真的有人被吃了嗎？」

「你們怎麼不找道士來處裡啊？」

「老闆，你們說那是某位王爺的墳墓，那有請考古學家來看看嗎？」

「是啊，要是查到王爺的真實身分，你們這裡還可以變成觀光景點，收門票讓人參觀呢！」

眾人你一言我一語的說道，把老闆夫妻吵得頭疼。

胖老闆不耐煩的擺擺手，「後山有狼，誰知道那人是不是被狼吃的？」

「那也要找警察來啊！」

「你們以為警察大人那麼閒啊？不過就是失蹤了一個人，又不是什麼大案子，麻煩警察大人做什麼？」胖老闆瞪著眼睛回道。

「所以你們就不找了？」

「有啊，村長有派一隊人上山找，找到了一件血淋淋的破衣服，他們說那個人可能是被野獸吃掉的……」

「然後呢？」

「然後什麼？」胖老闆疑惑地反問。

「你們沒有調查是什麼野獸吃人？沒想過把野獸殺了或是趕走？」

「對啊，要是野獸危害村莊怎麼辦？」

「村長他們找了一圈，沒見野獸的蹤跡，牠們應該是走了，我們這裡都這樣，野獸來來去去的，哪裡有食物就往哪裡跑，我們都習慣了，反正每年都會死人，也不差這麼一兩個……」胖老闆理直氣壯的說道。

「……」

對於這麼敷衍的結局，眾人有些無奈。

「還以為能有什麼線索呢！」某成員嘀咕道。

「你們的好奇心別這麼重。」老闆娘再度提醒，「你們只是來玩的，要是發生意外回不去那就慘了！」

「知道、知道，我們會小心的。」

一群人連聲允諾，至於心裡是怎麼想的，那就不清楚了。

02

這群人離開後，林邵陽和元勳也吃完了食物，準備付帳。

「你們昨天去後山，有沒有看到墳墓啊？」胖老闆在他們付錢的時候問道。

「有啊，那個墳墓真的好奇怪！我們還拍了照！」林邵陽按照昨晚跟哥哥討論的內容，接口回道：「我本來想下去看看的，被我哥罵了。」

「我是為了你好。」元勳收起錢包，斜睨林邵陽一眼，「那裡一看就知道不對勁，下去做什麼？而且就算要下去，我們身上也沒有裝備，要是下去了上不來怎麼辦？要找誰救？」

林邵陽聳聳肩，擠眉弄眼地向老闆和老闆娘做了個「你看，我哥就是這麼膽小！」的無奈表情。

胖老闆和老闆娘互看一眼，相信了這個說法。

就算林邵陽他們騙了他們也無所謂，反正這場考核又不關他們的事，他們只是陪考人員，這些實習生去不去後山都無所謂。

「要裝備？我有啊！我店裡有裝備！你們等等，我去拿！」

胖老闆興沖沖地扭頭走進店裡，一番搜刮後，捧出了一大堆物品，直接把店門口的櫃台堆滿。

「瞧！繩子、手電筒、鐵鍬、獵槍、獵刀、符紙、香燭金紙、黑驢蹄子、十字架、弓箭、弩……」

胖老闆巴啦巴啦地介紹著，手上也忙著將東西一樣一樣地拿出來，像是為此準備了很久。

大概是他們這裡的動靜有點大，吸引了待在旅館的秦朝等人的注意。

他們昨晚被旅館的鬼怪鬧了一夜，早上起晚了，現在正聚集在旅館的大廳，吃著各自帶來的乾糧，而旅館供應的餐點就任它放涼，沒人敢吃。

他們知道這裡有些食物不能吃，雖然也準備了藥，但是心裡那層總是過不去，等到他們把乾糧吃完了，才會考慮吃這裡的食物。

秦朝等人坐在大廳的靠窗位置，窗戶緊鄰著街道，正好可以讓他們將雜貨店的情況看得一清二楚。

「他們在做什麼？買裝備？」

「為什麼買裝備？他們發現什麼了？」

「我剛才看見另一批人在跟雜貨店老闆套話，好像聊到後山、死人、墳墓什麼的……」

「後山有座將軍墳，地震的時候把墳墓震裂了。」聽覺靈敏的人說出完整訊息，「墳墓底下有一條大裂縫，晚上會有怪物從裡面爬出來，有人被咬死了……」

「裂縫？攻略上沒有提到這個啊……」

「會不會是隱藏任務？」另一人猜測道。

「對！應該是隱藏任務！」秦朝雙眼發亮，興奮的握緊拳頭，「我聽過內幕消息，說這個空間裡除了有攻略上的明面任務以外，還有特殊的隱藏任務，發現並且解決隱藏任務的人可以獲得五千點的積分！」

「五千積分？是一個團拿五千還是一個人拿五千？」

「應該是團隊吧？」

「就算是團隊，我們隊有十個人，五千分平均下來，一個人也能拿到五百！」

他們的隊伍又新增了一名隊員，現在剛好滿十個人。

「這個轉正職的考核，我記得是五百分合格？」

「不一定，這就跟大學的錄取分數一樣，會按照任務的難易度和錄取名額有上下波動，五百或是五百一、五百二、五百五都有可能。」

「秦哥，要是我們能拿下這個隱藏任務，再把旅館的主線跟支線做了，差不多也有一千分了吧？肯定能過關吧？」

「絕對可以！上一屆拿到一千分以上的人，不過才九個！」秦朝雙眼發亮的回道：「我們找出隱藏任務，可能可以拿到優秀的評價，說不定個人檔案還會被記一支嘉獎！」

嘉獎這種東西，聽起來只是精神獎勵，實際上，個人檔案的嘉獎和各種優良註記，對於他們的未來都有很大的幫助。

秦朝這隊人跟元勳他們這些新手不一樣，他們是「重考生」。

這個山村任務其實是實習生轉成正職的考試，拿到一定分數就算過關，排名高的就能轉職成正式的鬼差。

這種正職轉職考核是隱匿進行的，初次接觸的考生都不知情。

這種考試是為了測試新人在不知情的情況下，面對任務的種種變故會有的反應，要是知道這是轉正考核，這些考生的反應就不準確了。

不過天下沒有不漏風的牆，考試完成後，考生們也會陸續得到一些情報，燒做推測就能知道真相。

秦朝在原部門的人際關係不好，在初次考試落選後，就有看他不順眼的人，特地跑到他面前嘲諷。

那時秦朝才知道，原來通過陰差考試，當上陰差，並不就表示你就是正職人員，還需要再參加一次隱密的轉正考試，通過了才是正職鬼差。

要是沒過關，不管你工作的時間再長，那都是「實習生」，是整個地府的最底層。

關於考核的詳細的內容，秦朝無從探知。

就算賄賂其他鬼差，他也只打探到評分的大略方向，但也因此得知，這樣的轉正考核每隔幾年就會有一次，只要好好準備，下次還是有機會獲得轉正資格的。

秦朝是個有野心的人，他當然不願意繼續當實習生。

他以前覺得實習生的待遇福利不錯，可是一跟正職鬼差進行對比，那實習生真的就被比入塵埃。

首先，實習生的地位低、薪資少，各種瑣事都要實習生去跑腿，即使有升職的機會也輪不到實習生。

同樣都有績效考核，可是實習生的考核成績好，那也只是多給你一點獎勵金，而正職鬼差的績效考核，除了有升職加薪機會之外，還能夠拿到特殊的法寶、符籙、法器等獎品，還能夠獲得陰功德，並用這份陰功德庇護家族——不管是陽世親人或是陰間親屬，都能夠獲得這份庇護。

只是轉正考試並不簡單，在任務中拿到合格分只是入門門檻，監考官還會觀察實習生在考核中的表現，給予品性和未來發展方面的評價。

這些評價還會跟實習生在原部門的表現，以及原部門主管和同事的評語做一個綜合考量，方方面面都合格了，才能轉成正職職員。

秦朝還打聽到，他之前的轉正考試成績剛好過了及格線，但是因為其他的評價不好，綜合計分後的得分不高，最後便落選了。

秦朝不覺得這是自己的問題，他認為是監考官和原部門的上司對他有偏見。

因此，他申請轉部門，重新開始奮鬥，等待下一屆的考試來臨。

轉職考試的時間並不一定，主要要看地府各單位有沒有缺額，即使是傷亡、退役率高的戰鬥部門，也是四到六年才會舉辦一次。

他等了五年，終於等到轉職考試了！

這一次，他一定要通過！

03

根據秦朝打探到的小道八卦，監考官的喜好對於評分有一定比重的傾向性。

假如監考官喜歡戰鬥力強大的，那麼做了戰鬥任務的考生就會拿到偏高的分數，但要是換成一個喜歡智力比拼的考官，他就會認為戰鬥的考生有勇無謀，給予的評分也會偏低。

秦朝特地打聽了這一屆的考官，雖然沒能知道對方的身分，卻也聽說這屆的考官偏愛具有領導能力、行事積極的考生，於是他一開始就拉攏其他成員，又積極的表現自己，希望能得到更好的評價。

「要是有嘉獎，一定可以轉職成為正職工吧？」

「聽說正職鬼差的薪水是五萬起跳，福利也更多，每年還會發放各種裝備跟丹藥、物資……」

隊伍成員開始暢想了起來。

「說不定還可以選擇喜歡的好單位！」

「那還在等什麼？我們現在就去！」

性急的人已經起身準備衝出門。

「等等，先去雜貨店打聽消息！」秦朝制止道：「既然消息是從雜貨店傳出來的，雜貨店肯定有相關情報。」

「對對，去那邊一趟。」

「他攞出那麼多裝備，說不定就是通關道具？」

某成員顯然將後山的古墓當成遊戲在玩了。

「想太多了，這裡賣的東西不坑人就很好了，怎麼可能還給你通關道具？」另一人反駁道。

打定主意後，秦朝等人放下吃了一半的食物，走向雜貨店。

在他們離開後，旅館老闆面無表情地出現，他看著堆滿垃圾和吃剩餐點的桌面，以及旅館廚師精心準備卻沒有人吃上半口的早餐，眉頭皺起，冷硬的臉龐刻畫著不近人情的嚴肅。

「浪費食物，不可原諒。」

旅館老闆站在大門陰影處，目光陰沉地看著秦朝等人，心底盤算著等到晚上「幽靈」出沒的時間時，該怎麼給他們一個教訓。

還不知道自己已經被旅館老闆盯上的秦朝等人，從雜貨店老闆那裡打探到後山裂縫的情報後，立刻準備前去後山查看。

「我這裡有冒險專用裝備，你們要不要買啊？」胖老闆笑嘻嘻地拿出一堆東西，向他們推銷，「手電筒、平安符、佛珠串、香燭紙錢、十字架、繩子、鐵鍬、獵槍……」

「不用了，我們只是去看看。」

秦朝不客氣地打斷他的話，不讓胖老闆繼續推銷。

他並不認為這種破舊的山村雜貨店能有什麼好貨，再說了，這裡可是「考場」，從身分上的角度來說，他們是敵人，誰知道這老闆賣的東西會不會是陷阱？

「先去後山進行初步調查，然後回來把旅館任務完成，再去後山。」

秦朝說出他的安排，其他成員也沒有反對。

後山的隱藏任務雖然重要，可是他們目前什麼情報、線索都沒有，貿然行動只會有危險，而旅館的任務他們已經有了攻略構想，昨晚怪物出現的時候，他們也觀察過怪物的狀態，有把握對付牠。

這裡的任務都是一次性的，別人搶先解決了任務，其他人就會失去得分機會。

想要在轉正考試中取得好成績，就要搶任務，擋別人的路，讓自己始終保持在高高在上的位置才行。

「走吧！現在就去看看。」

秦陽領著自家成員轉身就走，連聲道別也沒有跟胖老闆說一聲。

在他看來，這村子裡的人就跟遊戲中的ＮＰＣ差不多，用途就是打探情報、獲得任務線索，不需要把他們當人看待，態度上自然也不會多有禮貌。

目送秦朝一行人離開後，原本還是笑嘻嘻的胖老闆啐了一口，神情陰沉。

「沒禮貌的傢伙，就該被我那些怪物好好教訓！」

這下子，秦朝和他的小隊一下子得罪了旅館老闆和雜貨店老闆，而這個村子的村民又向來「團結」，給他們弄出了不少阻礙。

後山有裂縫的事情很快就傳開，第二天連隔壁村子的人也都在聊這件事，居住在其他村莊的考生自然也都知道了。

一部分的人像秦朝他們一樣，跑到後山觀察裂縫的情況，一部分得人則是依舊待在村莊內，專心地進行任務情報的收集。

林邵陽和元勳屬於後者。

而在收集情報的過程中，他們也發現，這村子裡的人像是說好了一樣，情報完全不會一次吐露，而是像擠牙膏，一天說一點、一天說一點……

各種情報全都零零碎碎的，需要自己整理拼湊。

而且村民告知的消息並不完全真切，其中可能摻著幾分真、幾分假、幾分誤導。

昨天說他曾經看見姜婆跟老村長起爭執，今天又說他眼花看錯，那是老村長在跟他老婆吵架；甲村民說他知道姜婆老公的死亡內情，乙村民又說甲村民說的話都是騙人的，為的是賺取他們這些打探情報的錢……

要是真的全信了，那肯定完成不了任務，必須自己抽絲剝繭的取捨和提煉資訊。

除了收集情報受到阻礙之外，隨著時間一天天的流逝，村子的氣氛也開始奇怪起來，白霧從遠處的山腳邊慢慢朝村莊聚攏，出現的次數也越來越頻繁；和善、熱情的村民也變得古怪，元勳他們發現村民們偶爾會陰沉沉的盯著他們這些外來者看；而元動他們藉助的姜婆家裡，晚上也開始出現各種奇怪的動靜，「咔啦咔啦」、「唧　唧」的各種聲響，等他們半夜起床查看時，又什麼動靜都沒了。

但是在某些時候，他們也會見到姜婆莫名地對著虛空嘀嘀咕咕，也能在屋內見到有紅影閃過，還有嬰兒啼哭的聲音……

林邵陽他們也不慌，因為這些在攻略上都有提到。

攻略上說，隨著時間流逝，村子裡會開始出現各種異常，而且動靜會隨著時間流逝越來越大，彷彿是某種倒數計時似地。

這也是一種警訊，表示之後會越來越危險。

原本看似尋常的村民會有各種鬼祟行徑，鬼怪也會肆無忌憚地現身村莊殺人，待在村子裡的鬼差會是村民和鬼物第一個下手的目標。

當第一個傷亡出現時，鬼物獲得了血氣補充，會變得更加強大，一定要想辦法阻止鬼物再度殺人。

但是這樣的危險時刻也是機會來臨的時候。

在村子的異常鬧騰起來時，各種線索都會顯露出來，是鬼差們收集情報、破解任務的好時機。

04

「按照我們目前到的情報，姜婆這邊的故事線差不多出來了……」

這天晚上，元勳和林邵陽待在房間裡，將他們這段時間收集到的情報全拼湊起來。

「姜婆的丈夫和村民一起上山打獵時，獲得了值錢的好東西，回程的時候起大濃霧，姜婆的丈夫走路時不慎踩空，摔入山溝，人沒死，受傷昏迷了，但是他那些同伴見財起意，直接丟下他，讓他真死了……」

至於為什麼那些兇手不直接說姜婆的丈夫摔死了的事，一方面是不想讓人去救他，另一方面是因為，白家村村民認為，「冤死的人會在頭七那天回家，跟家人託夢找尋兇手」。

冤魂想要回家，首先要親人將冤魂的屍骨迎回家裡，要是沒人去將姜婆丈夫的屍體帶回來，他就回不了家，也報不了仇。

或許是因為姜婆的丈夫帶著怨氣死去，又或許有其他原因，兇手們編造的「白霧吃人」真的開始吃人了。

開頭幾個死去的人，就是沒有救援姜婆丈夫的兇手。

照理說，報仇以後，這場吃人白霧就該散去，但是卻沒想到它卻不罷手，繼續襲擊村民，鬧得人心惶惶。

而後，姜婆的兒子也死在白霧裡。

「我想，有可能是那幾個人的冤魂都存在白霧中，可能姜婆的丈夫報完仇，想收手了，可那幾個人不肯……」元勳推測道。

因為他詢問過那些死者之間的關係，緊接在那幾名兇手之後死去的村民，都是曾經跟他們有舊怨的。

說是舊怨，其實也不過是鄰里相處之間的芝麻瑣事，像是你拿了我的菜、我偷了你的雞；鄰居半夜發酒瘋吵架又打人，周圍村好心勸阻卻也被扯入打架裡；胡亂將垃圾、雜物堆放到別人家門外……等等的雜事。

這些事情看來都是小事，但在日積月累、經常發生的情況下，小事也就成了大事，小吵小鬧結成了仇。

「之後的山神獻祭並沒有消滅白霧中的怨魂，應該是有另一種力量擋住了他們……」

收集到的情報中，完全沒有白霧為什麼會被壓制的消息，元勳弄不明白的也只有這一點。

他們也猜想過，會不會這裡真的有山神？是不是那山神真的收到供奉，所以才保佑村莊平安？

可是他們在村莊內外、甚至連周圍的山坡都找了，就是沒有找到疑似山神的存在。

「別猜了，我們問問當事者不就知道了！」

林邵陽轉頭看向牆角邊被繩子牢牢捆綁的姜婆和身穿紅衣的女鬼。

女鬼是姜婆的女兒，那位被獻祭給山神的可憐人。

此時，她們的模樣狼狽，身上被繩索捆綁，臉上鼻青臉腫，一看就知道她們被狠狠的修理過。

紅衣女鬼和姜婆瑟縮在地上，用怨恨和害怕的目光瞪著他們，在她們附近還有一個纏的跟蟲繭一樣的鬼嬰在地板上滾來滾去，自顧自地玩的不亦樂乎。

造成這種景象的「兇手」，自然士林邵陽和元勳兩人。

不過這也不能怪他們。

誰被人在半夜吵了好幾天，接連幾天都沒能睡好，他們的脾氣肯定暴躁！

再加上線索收集的不順利，疲憊、睡眠不足、煩躁等情緒一直積累下來，誰都會變成一點就炸的炸藥桶！

今天晚上，紅衣女鬼又出現在他們房間，來來回回地嚇唬他們好幾次，就是不讓他們睡覺，於是元動的耐性爆了，直接把紅衣女鬼從陰影中拖出來，狠揍一頓，林邵陽充當輔助，幫忙貼符紙、遞繩子捆鬼。

當他們制服女鬼時，姜婆拿著菜刀衝進房間，氣勢騰騰。

只是她一個老人家，即使有鬼力加持，也不是兩名年輕人的對手，於是她同樣被揍了一頓而後捆綁起來。

還沒等兩人鬆一口氣，鬼嬰發現自家媽媽和外婆被綁了，嗷嗷叫地從窗戶爬了進來。

鬼嬰的動作慢吞吞的，圓滾滾的小身軀卡在窗台上，他揮舞著手腳，努力了好一會兒才翻過來，落到床邊的床頭櫃上。

林邵陽用棉被將鬼嬰罩住，再用繩子將他捆起。

在鬼嬰張嘴想咬人時，林邵陽順手從床頭櫃上拿了還沒吃完的餅乾，抓了一把塞入鬼嬰嘴裡。

鬼嬰嚐到餅乾滋味，就這麼被安撫下來，安安靜靜的啃起了餅乾，吃完了餅乾就開始在床頭櫃上打滾，自娛自樂，完全無視了他的媽媽和外婆的擔心。

鬼嬰的樣貌不好看，臉上、身上都是鮮血和青紫，但這副打滾的模樣倒是讓他顯出幾分童真。

擔心他會摔下床頭櫃，林邵陽索性提著繩子將他拎起來，放到女鬼身前的地板上，讓他們一家三口團聚。

「妳們應該慶幸我們沒有起床氣……」

元勳把玩著手上的符槍，神情平淡，語氣卻是陰森森地透著恐嚇。

「啊啊啊啊……」

女鬼不服氣的尖叫，一旁打滾的鬼嬰聽了，也跟著瞪著眼睛朝元勳嗷嗷叫。

「別叫啦！」

林邵陽往鬼嬰嘴巴裡塞了一根棒棒糖，又往女鬼嘴裡塞了一顆饅頭，堵住兩人尖銳的叫聲。

「我勳哥有說錯什麼嗎？你們本來就不應該在半夜吵人，就算這是妳的房間，我們也花錢租了，在我們租賃的期間，這房間就是我們的，你們怎麼可以隨隨便便跑進來？」

「妳一個當媽媽的人、呃、鬼，要對自己的孩子負責知道嗎？妳爬窗，你的孩子也跟著妳爬窗，妳看看他的小短腿，這是能爬窗的模樣嗎？剛才差點卡窗台上了妳沒看見？」

「孩子都這麼大了，看起來也有三、四歲了吧？這個年紀的孩子應該都會簡單的單字了，妳家的孩子還不會說話，這樣可不行……」

「還有妳呀，姜婆，妳都一把年紀了，有什麼事情不能好好說？非要拿著菜刀砍人？妳這樣是會坐牢的妳知道嗎？」

林邵陽叨叨絮絮、苦口婆心的勸著，把女鬼跟姜婆都說矇了，只聽不懂話的鬼嬰還在嘻嘻哈哈的玩鬧。

「小陽，她們不是那些鬼。」元勳有些無奈的看著他。

自從執行過幾次勸說滯留陽間的鬼魂去投胎的任務後，林邵陽就變得越來越嘮叨了，一個陽光開朗的大好青年瞬間變成婆婆媽媽，這反差還挺有趣的。

然而，被唸叨的女鬼和姜婆並不覺得有趣。

她們翻著白眼，一臉的生無可戀，目光時不時地撇向元勳，用眼神傳達「他怎麼那麼囉唆？」、「講那麼多話，口不渴嗎？」、「你怎麼還不叫他停下來？」等訊息。

元勳慢條斯理地拿出兩罐咖啡，打開後，一罐遞給了林邵陽。

林邵陽咕嚕咕嚕地灌了幾口，而後又繼續「勸說」了起來。

最後，女鬼跟姜婆被勸說的崩潰了。

「停！」女鬼尖叫著大喊，「我招了！你們要知道什麼我都說！」

「那……」

林邵陽才想提問，女鬼凶狠地打斷他。

「閉嘴！你不要說話！讓他說！」

這個他，指得自然是元勳。

元勳眉頭一挑，頗不喜歡女鬼對林邵陽的態度。

他才想諷刺對方幾句，林邵陽卻是轉頭對他調皮的眨眼，示意由他上場。

好吧！既然小陽都不介意了，那他自然也就不計較……

才怪！

元勳拿出從錢蒼那裡學到的審問技巧，翻來覆去地審了她們一整夜，不只問出了姜婆任務的前因後果，連帶連同村子裡其他異常也問出來了。

第十一章
終章

01

姜婆的這個任務，就如同元勳之前推測的差不多。

姜婆的丈夫因為利益被殺害，因為怨恨化身噬人白霧，而那幾個被他吞噬的仇人，靈魂也融入白霧之中，成為白霧的一部分。

一開始，姜婆的丈夫還能壓制他們，可是在吞噬了幾人後，姜婆的丈夫被殺戮迷惑了心智，直到吞噬了自己的兒子後才清醒過來。

只是這時為時已晚，他跟仇家已經融為一體，而且仇家的力量壯大，他和兒子兩人制止不了對方，只能眼睜睜看得白霧繼續危害村民。

後來村民們向山神求救，重開祭祀，讓姜家父子迎來了轉機。

這村莊確實有山神，只是因為太久沒有受到供奉，山神的力量漸漸減弱，那場祭祀讓山神的力量復甦一些。

山神察覺到怨魂白霧的存在，卻因為力量微弱沒辦法阻止他們，只能眼睜睜看著白霧吃人。

後來山神跟姜家父子一同抵抗那些吃人的惡鬼，讓白霧出現的頻率減少，保住村莊最後的一點根基。

只可惜這點影響太弱，村民們並沒有察覺。

為了除去阻礙，惡鬼想出一個法子。

他們化身成道士，向村長提出要向山神獻祭，送上新娘。

被送上的新娘，被白霧吞噬殺害，又因為這位新娘是以獻祭給山神的名義死亡的，山神被沾染上惡業，變得更加虛弱，惡靈趁勢想要吃掉山神，獲得祂的力量。

山神直接把自己的力量給了姜家父子，讓他們可以跟這群惡鬼抗衡。

原本姜家父子還能壓制惡鬼的，可是村民後續又進行了獻祭儀式，讓惡鬼的力量增強，他們慢慢壓制不住，這也是獻祭次數越多，白霧出現的時間卻越來越快的原因。

「村民要是知道，他們對山神的獻祭反而增長了惡鬼的力量，恐怕會很後悔……」林邵陽感慨道。

「嗤！他們才不後悔！」女鬼陰森森的冷笑，「把女兒獻祭出去，他們就可以得到很多錢，有什麼好後悔的？」

姜婆也露出陰森森的冷笑，「你以為村長真的不知道白霧中有惡鬼嗎？不，他知道！他本來也應該死的！是他跟惡鬼做了交易！新娘獻祭的事情就是他想出來的！」

原來，現任村長也是當初殺害姜婆丈夫的人之一，只是他運氣好，是最後一個被白霧抓到的。

為了活命，他跟白霧中的惡鬼做了交易，說是願意替他們騙村民過來，新娘獻祭的事情就是他跟惡鬼合夥弄出來的。

這件事情，姜婆原本不知道，是姜婆的女兒回家待產時，無意中得知的。

她想要悄悄離開時，被村長他們發現，為了封口，她才會被村長當成獻祭的新娘送給山神。

原本女鬼死後也會被白霧融合的，只是因為她懷中的孩子屬於橫死，變成了鬼嬰，鬼嬰的力量源自對於母親的執念與愛，為了保護媽媽，鬼嬰跟惡鬼們搏鬥，加上姜家父子的協助，女鬼和鬼嬰順利從白霧中脫逃。

女鬼帶著孩子住在家裡，養精蓄銳，等著向村長報仇，以及解救家人從白霧中脫困。

「他們都融合在一起了，要怎麼讓他們脫困？」林邵陽轉頭問著元勳。

要是將惡鬼殺了，姜家父子和其他無辜的村民都會跟著死去。

「這個有點麻煩……」元勳沉吟道：「一般的作法是把他們一起封印住，誦經加上淨化，削弱惡鬼的力量，等惡鬼快要消失的時候再將他們分開……」

「用什麼淨化？還元湯嗎？」

林邵陽第一個想起的就是這個東西，因為它實在是太好用了！

而且經過「處理」後，那股尿騷味也沒了，顏色清清亮亮的，看起來像茶水，還好盛裝的容器是經過特殊處理的，一摸就知道跟一般飲料瓶不一樣，不然還真有可能被誤喝了！

「還元湯的功效不大，我有專門用來淨化的符法……」

元勳掐著劍指，凌空畫符，半空中出現一個閃閃發光的符籙，發散著隱隱靈光，耳邊彷彿有誦經聲傳來。

符法還沒有激發，但那隱隱發散的靈光和震懾惡鬼的威能，已經讓女鬼和姜婆頭皮發麻。

不是說這批考生只是實習生嗎？

凌空畫符算什麼實習生！

這是大佬啊啊啊啊！

女鬼和姜婆在心底尖叫哀號，臉色青白地往後退了退，背部緊緊地貼在牆上，恨不得遁入牆壁裡。

「勳哥，你這符法也是家族傳承嗎？」林邵陽好奇的看著飄在空中的符籙。

他跟元勳組隊出任務後，元勳經常會露出一、兩手制鬼妙招，問他是從哪裡學來的，他總是說是家族傳承。

也不曉得勳哥家裡以前是做什麼的，竟然有那麼多神奇的傳承。

「家裡有一本《通天符籙大全》，裡面有不少符籙能用。」元勳散去了符籙，輕描淡寫的回道。

原來是有傳承的！還好剛才他們沒有用這手對付她們，不然真要死鬼了！

女鬼和姜婆面露恍然和後怕。

「用這個就能對付惡鬼了？那我們明天就去處理惡鬼！」林邵陽興致勃勃的提議。

在這裡無所事事的待了好幾天，林邵陽都覺得骨頭都鬆了，想要活動活動筋骨，快點將這個任務完成。

「只有淨符還不夠。」元勳摸著下巴，思索著該怎麼完善計畫，「這些藏在白霧裡頭的惡鬼既然殺了那麼多人，力量肯定很強大，最好還是加上召雷符……」

「召雷符？」林邵陽眼睛一亮，興奮地問道：「就是電影裡頭，可以召來雷電，五雷轟頂，把鬼劈的灰飛煙滅的那種符？」

「對。」

「等、等一下！紅衣女鬼心慌的喊道：「你、你這樣不是連我爸、我哥還有那些無辜的村民都殺了嗎？」

「我會儘量控制力道。」

元勳回以一個帥氣地溫和微笑，只是在女鬼和姜婆眼中，就像是看見一個變態殺鬼狂的猙獰笑容。

「要是你沒控制住呢？」

姜婆詢問的表情看上去淡定平靜，實際上是被嚇得表情空白了。

「那就要請妳們節哀了。」元勳非常理所當然的回道。

「……」姜婆和女鬼頓時語塞。

監考官！快把這位大佬帶走！不要讓他禍害鬼啊啊啊！

「勳哥，姜婆她的家人跟那些村民都是無辜的，就不能先將他們分開再劈嗎？」林邵陽遲疑的問。

「時間太久了。」元勳搖頭回道：「如果他們是剛剛合併的，那還能想辦法將他們拆開，可是他們已經殺了那麼多人，共同承擔了殺業，只能用我剛才說得辦法，先把他們都困住，用淨符淨化，然後在惡鬼虛弱的時候將他們分開……但是如果他們太過虛弱，很可能在淨化的時候就一起被淨化掉了。」

「不行！」姜婆驚恐的叫道：「他們是無辜的！他們是好人！你不能殺了他們！」

「對、對！封印就行了！不要殺他們！」女鬼也點頭附和。

開玩笑！他們不過是實習生轉正考試的「ＮＰＣ」，負責供應線索和設置阻礙，也沒真做什麼危害考生的事，要是真被淨化了，那他們就真「死」了！

考一次試就「死」一批？那也太耗費鬼了！

02

為了「同事」們的安全，紅衣女鬼和姜婆拚命勸說，甚至主動提出她們願意幫忙，引誘白霧出現，並讓姜家父子配合行動，只求元勳他們不要殺害他們。

見女鬼和姜婆為了家人，不惜犧牲自己、自願當餌，著實讓林邵陽和元勳動容，對她們的好感噌噌上升。

不過為了保險起見，元勳還是跟他們簽訂了契書，要是違背誓約，天道自會降下責罰。

相對的，元勳也給願意協助任務的她們，許下承諾。

「等這件事情完成，我會為你們誦經一百零八遍，迴向功德給你們，希望你們一家能夠早日團圓。」

「我也一樣！我也會念經迴向給你們。」林邵陽跟著附和道：「還有啊，地府有嬰靈補助，妳們這種情況是可以申請的。」他為她們規劃著未來，「現在的人生育率下降，想讓孩子早點投胎比較困難，前面還有一堆人排隊等呢！我建議妳們去地府登記，接一些積陰德的工作做，有陰功德在身，孩子也比較好投胎到好人家，說不定妳們還能再續母子緣……」

林邵陽只說鬼嬰，沒有提到女鬼和白霧裡的亡魂。

不管是女鬼或是那些亡魂，他們都曾經犯過殺業，到了地府以後肯定要先走審判流程，也只有這個鬼嬰身上的氣息乾淨一些，只需要將他胎死腹中、沒能順利誕生的怨氣化解即可。

林邵陽和元勳開出的這些條件，全都詳細地寫在契書上，條列的清清楚楚，沒有任何鑽漏洞或是挖坑遮掩的行為，行事坦蕩。

燒化的契書被金色火焰吞噬，飛舞的火星盤旋著飛上雲端，空中隱隱有雷鳴聲響起。

女鬼和姜婆的目光閃爍，彷彿感覺到沉寂已久的心臟再度跳動起來。

她們知道，雷鳴聲是契書被天道收取，獲得天道見證的告示聲。

以前來這裡進行任務的實習生，也會對他們許下各種承諾，給他們的好處比林邵陽和元勳給得還要好、還要多，可是那些人從沒想過要跟他們簽定契書。

在任務完成後，有人實踐了承諾，也有人把自己說過的話當放屁，拍拍屁股走人。

那些人認為，他們就要離開山村了，山村的鬼怪找不上他們，不兌現承諾也沒事。

殊不知，他們這些鬼怪也是考試的評審之一，雖然佔分的比重不大，但是在品行的項目中，那些考官都是要詢問他們意見的。

那些背棄承諾的人，都被鬼怪們淘汰了。

而像林邵陽和元勳這樣，能夠體恤他們鬼怪，不一味的喊打喊殺，並且給予鬼物尊重、信守承諾的，在品行方面肯定是滿分！

跟女鬼和姜婆達成共識後，林邵陽和元勳在養足精神後，全副武裝地來到後山。

「我去叫他們出來。」

女鬼對他們交代一聲，身形飄忽地鑽入草叢裡。

不多時，白霧追著女鬼出現了。

林邵陽和元勳立刻拿出符槍戒備，他們本以為會跟惡鬼打上一場，結果白霧還沒靠近他們，姜婆的丈夫和村民就跟惡鬼打了起來。

惡鬼厲聲叫著，看起來聲勢浩大，但卻沒幾下就被姜婆丈夫他們壓制住了。

「快！封印！」女鬼朝林邵陽他們喊道。

元勳立刻拋出原先準備好的封印盒，念動咒語拋出，盒子進入白霧之中後，白霧就像是被某種吸力吸引，全被吸入了封印盒裡面。

為了保險起見，撿起封印盒後，元勳又往上面貼了兩道封印符，還拿出一枚方印往上一蓋，壓下了一枚朱紅色的印記。

方印上的神威讓女鬼顫抖了一下，慶幸自己事先叫同事們配合，要不然……

「好弱啊……」

林邵陽撓撓頭，突然覺得嚴陣以待的他們有些誇張了。

「之前不是說善鬼他們沒辦法壓制惡鬼嗎？怎麼剛才惡鬼一下子就被鎮壓了？」

他一下子就點出了問題點。

女鬼的頭皮一麻，連忙想出解釋。

「那是因為有你們在！我爸和哥哥他們以前不敢用全部的力量跟惡鬼對抗，擔心要是力量耗盡會被吃掉，現在有你們幫忙封印，他們就不怕了，就能放開了打……」

「原來是這樣！」林邵陽毫不懷疑地接受了這樣的回答。

元勳挑了挑眉，看出了不對勁。

只是既然女鬼對他們沒有惡意，任務又被順利解決了，他便睜一隻眼、閉一隻眼的放過了。

如果事後女鬼又出爾反爾，他自然也有辦法對付她。

女鬼不知道元勳的想法，她只覺得那種像被兇獸盯上的感覺沒了，便自以為是危機解除了。

03

「接下來要做什麼？」林邵陽問著元勳接下來的安排。

在不知道白霧這麼弱小之前，他們原本的計畫是，用一上午或一個白天的時間對付白霧，晚上歇息和療傷，隔天再進行其他任務。

可是現在不過早上九點多，白霧就被他們封印了，沒耗費體力打架、也沒有受傷，要是就這麼下山休息，總覺得有些太浪費了。

「要不，去裂縫那邊看看？」元勳笑著提議。

他知道林邵陽對那個裂縫很感興趣，只是礙於他的阻止，這才壓下了好奇心。

「真的？」林邵陽一臉的躍躍欲試，又有些遲疑，「可是勳哥，你不是說那裡危險嗎？」

對裂縫好奇是一回事，但是明知道有危險還過去，那就是找死了！

「現在是白天，地穴的怪物晚上才會出現，我們先在洞口周圍探探，了解況後再做打算……」元勳說出他的打算。

林邵陽撓撓頭，咧嘴笑笑，「既然勳哥你這麼說，那我們就走吧！」

他向來不擅長、也不喜歡做規劃，一切憑直覺行動，跟元勳搭檔以後，更是把剩下的一點腦子都丟了，勳哥怎麼說，他就怎麼做。

現在也是一樣。

既然元勳覺得可以去裂縫看看，那就走吧！

「你們要帶著封印盒過去嗎？」女鬼遲疑地開口問道：「這盒子帶在身上也麻煩，不如先放到我家裡吧！」

「不了，太麻煩了。」元勳直接將封印盒收入林邵陽的斜背包裡。

「封印盒也不過就是手掌大，放裡面也不算佔空間，妳不用擔心。」林邵陽拍拍背包，朝她笑得爽朗。

「要是遇到危險，也能把白霧放出來，請善鬼們幫忙。」元勳語氣溫和的笑道：「這也是讓他們行善積德，對他們有好處。」

女鬼……不，這種行善方法他們肯定不想要！

儘管很想反對，可是一對上元勳的眼神，那些話她又說不出口了。

「你們要小心一點，那地穴很危險，有很多怪物。」女鬼只能這麼叮囑，「要是遇到危險就趕快跑……」

「妳知道裡面有哪些怪物嗎？」元勳問道。

「詳細的不太清楚，只聽說裡面有喪屍、幽靈蝙蝠、雙頭狗、吸血蛇……」女鬼含糊的說道。

她知道那是雜貨店胖老闆設計的劇情，胖老闆在通過劇情審核後，高興的到處找人炫耀，見到人就說他設計的關卡有多麼精妙。

說真的，她真不認為地穴故事有什麼特別的，不過就是老套的「神祕古墓在地震後被發現」的故事嘛！

而古墓裡頭的怪物也是古墓探險故事裡頭常見的怪物，就是把一些老舊的怪物換成現代一點設定的罷了。

像是殭屍變成時下流行的喪屍，吸血蝙蝠變成幽靈蝙蝠，常見的野狗換成雙頭狗，噴毒的蛇變成吸血的蛇……

人家古墓探險都能拿到寶物，可是胖老闆的古墓探險卻是給亂七八糟的東西，其中有一大半都是從書上抄來的古董贗品，剩下的一小半就是一些零碎的、破爛的金銀珠寶。

而且這些東西都是假的！虛幻的！帶不出這裡的！

根本是在耍人嘛！

只可惜，這些吐槽她只能默默地在心底想，不能說出口。

「你說的這些怪物，我只聽說過喪屍，其他都沒聽說過。」林邵陽苦惱的看向元勳。「勳哥，你聽說過這些怪物嗎？」林邵陽苦惱的看向他。

「我也沒聽說過，不過應付鬼怪的方法就那幾種，到時候一個個試過就知道了。」元勳倒是沒有太過緊張，不管是哪種怪物，只要你比它強，總是能打死的，更何況他們還準備了那麼多道具。

「我們準備的東西感覺不太夠耶！」

雖然已經清點過一回，林邵陽還是重新翻找背包，查看攜帶的物資。

「我只帶了棍子、符槍、繩子、還元湯、城隍廟的香灰、黑狗血只有兩瓶，還有一斤的糯米、金元寶、香……」

這些東西大多是防禦、淨化和封印性質的，真正具有攻擊力的武器並不多。

元勳的裝備比林邵陽少，他只帶了棍子、符槍、桃木劍、繩子以及五大疊的符紙，每一疊符紙都有四指厚，數量少說在五百張以上。

「這些符紙應該夠用。」元勳甩了甩手上的符紙，這些都是他自己畫的符。

家裡傳承下來的符籙書上有數百種符籙，他有空就會進行練習，家裡的櫃子堆了滿滿的一堆，缺錢的時候，他會將平安符、桃花符、姻緣符、聚財符這類的符籙賣出賺錢。

這次要進行團隊任務，他便將可能派上用場的符籙帶過來了。

看著那疊的符籙，女鬼心驚地摀著胸口，顫聲道：「夠了、夠了，古墓的怪物沒有那麼多……」

這麼一大疊的符籙，是想要在古墓殺上幾個來回啊？那些怪物根本不夠他殺吧！

雖然那些怪物算不上是她的同事，但她還是默默地為地窟怪物祈禱幾句，希望牠們可以死的乾脆俐落一點，不要被折磨的太慘。

得到女鬼的真誠肯定，林邵陽和元勳來到古墓的裂縫入口。

入口比上次看到的時候擴大了不少，邊緣可以看見清晰地人工斧鑿的痕跡。

「有其他人來過，而且進入的人不少……」

元勳查看周圍和地面的腳印痕跡後，對林邵陽說道。

「洞口弄大一點也好，方便我們下去。」

林邵陽大咧咧地笑著，絲毫沒有被別人搶先的不悅。

對林邵陽而言，他只是想要進去看一看，滿足好奇心。

先前有沒有人進去？他們在裡面做了什麼？裡面的寶物是不是都被拿走了，這些都不重要。

兩人戴上了具有防護能力的手套，將符槍連同槍套配戴在腰上，並拿出棍子和手電筒，微微低著頭、彎著腰，走進地穴。

手電筒是特製的，握把處偏長，危急時可以當作武器使用。

古墓靠近洞口的走道因為有陽光照射，視野並沒有問題，等到他們深入一百公尺左時，走道的光源漸漸消失，僅靠手電筒的燈光照明。

洞穴的地面和牆壁有不少戰鬥殘留下的痕跡，糯米和黑狗血灑了一地，香灰漢服只被踩入泥裡，沾著污血的屍塊、毛皮和骸骨遍佈走道各處，看起來陰森恐怖，令人不適。

換成普通人，現在肯定已經要打退堂鼓了，但是在心理狀態強大的林邵陽和元勳面前，這些景象都不足以令他們動容。

04

元勳勘查著殘留的痕跡，分析著這裡曾經遭遇的戰況，衡量敵人的強大程度。

「勳哥，這裡有東西！」

林邵陽撿起斷了半截的棍子殘骸，那是實習鬼差的固定裝備。

斷裂的棍身上染有血跡，人類的跟鬼怪的都有，也不曉得這根棍子的主人是受了傷，還是死了。

林邵陽在周圍掃視一圈，沒見到屍體的痕跡，只有被埋入腳印泥濘裡的破布鞋。

沒有屍體有兩種可能，一是對方沒死，逃了出去，二是對方死了，屍體被怪物吃了。

林邵陽希望是前者。

兩人繼續前進，越往裡走，通道越寬敞，一些窸窸窣窣的聲響也越來越多。

打前鋒攻擊他們的，是三隻雙頭犬。

牠們的皮肉翻出，骨頭清晰可見，嘴裡流淌著發散著惡臭的口水。

「碰碰碰碰碰……」

兩人下意識地拿出符槍開槍攻擊。

跟野狗的戰鬥，自然要保持距離，不能讓牠們近身，誰知道牠們有沒有狂犬病或是其他病毒？

子彈帶著金紅色光芒穿入雙頭犬體內，順利攔阻了牠們前進的步伐。

「嗚嗚……」

在距離他們兩步遠的位置，雙頭犬嗚咽地倒下了。

元動皺著眉頭打量地上的狗屍，雙頭犬的皮毛厚實，骨骼堅硬，剛才他們朝著要害進行射擊，眼睛和腦袋都有命中，即使如此他們還是在每隻雙頭犬身上耗費了五、六顆子彈，這才將牠們順利解決。

要是雙頭犬的數量再多一點，結果會如何，那還真是不好說。

元動拿出其他攻擊性道具，在狗屍身上逐一實驗，看看哪種攻擊效果最好。

實驗結果是，還元湯的殺傷力最強，可以直接腐蝕雙頭犬的血肉，城隍廟加持過的香灰效果次之，符槍效果再次之。

至於元動背包裡的符籙，因為對屍體不起效用，只能等到下次見到活的雙頭犬時再進行實驗了。

接下來他們又遇見了一批雙頭犬，元動掏出一把符籙，對著雙頭犬進行攻擊實驗。

實驗結果發現符籙的效果都很不錯，驅邪符一貼上，雙頭犬的身軀就瞬間崩潰，變成一攤黑色塵土狀的不明物體；雷符可以瞬間把雙頭犬擊殺；火符不太好用，燒灼的速度慢，而且還會產生很臭的異味……

有了好用又便捷的符籙，兩人前進的速度快了許多。

但他們也不急躁，一切行動還是以「穩」為主。

繼雙頭犬之後，喪屍出現了。

它們就如同電影拍攝的一樣，行動緩慢，衣服殘破，慘白的皮膚像是被抽乾了水分，皺巴巴地貼在軀幹上。

它們的目光空洞，身上帶著各式各樣的傷口，透過外翻的皮肉望去，有些人的骨頭清晰可見，有些的頭顱或軀體還被啃去一半……

總之就是模樣看起來有多慘就有多慘。

這些喪屍的要害也跟電影一樣，頭顱被打爆了，它們就會「死」去。

另外，符籙、糯米和香灰也有用。

符籙的效果最好，糯米和香灰次之。

只是這些東西用在喪屍身上難免讓人感覺浪費，所以他們還是以符槍和棍子的攻擊為主。

符槍的子彈體積小，一個普通手槍規格的彈匣就能裝上三十顆符彈，要是符彈用完了，還能用靈力激發符槍，以靈力充當子彈，相當方便。

再往裡頭深入一段距離，他們就來到了墓室。

墓室是一個寬敞的大空間，差不多有一個足球場的大小，抬頭上看，地面距離頂端的山壁約莫有十幾層樓高，頂端有一個像是天井一樣的大裂口，裂口處可以見到藍天白雲，洞壁周圍有岩石和植物盤繞，還能聽到隱約地蟲鳴鳥叫。

跟地穴古墓裡的陰暗、危險情況相比，洞口外的世界顯然和平美好許多。

他們來到的墓室已經被人翻動過，放在角落的箱子全被打開，裡頭的物品散落一地，博古架上空蕩蕩的，只留下灰塵所描繪出的，物品曾經存在的痕跡。

書櫃的書籍、竹簡和畫卷也是凌亂無比，像是被人亂扔亂丟過一樣，一部分書卷還落在地上，沾染了塵土。

「嘖！像是被搶過一樣……」

林邵陽皺著眉頭，隨手將物品歸置整齊，元勳也隨著他一起整理，將地面散落的書籍撿起，輕輕地抖掉塵土，再將書籍、竹簡和畫卷一一擺放。

放置書籍的同時，元勳也隨手翻看了幾頁，發現這些書籍都是類似於《聊齋》、《搜神記》這類靈異志怪雜書；也有一些是《神農百草經》、《天工開物》這類的科普教學的書籍，還有一些像是現代常見的書冊，像是《教你輕鬆學會畫符》、《常見鬼物大全》、《吃遍山海：山海妖怪一鍋燉》、《新時代電鍋煉藥教學》、《香道：神鬼最喜歡的香》……

元勳覺得這些書籍相當有趣，便挑了幾本感興趣的書，收進背包裡頭。

他不清楚這裡面的書籍能不能拿到外界，所以他也做好了兩手準備，等到回到姜婆家裡，他再用手機將自己喜歡的內容拍下，要是離開時書籍消失了，那他還留有手機裡頭的內容。

說也奇怪，在他們整理好墓室後，接下來竟然都沒有遇到怪物出現，兩人就像是在參觀古墓一樣，輕輕鬆鬆地繞了一圈，拍了一些照片就出來了。

「……有一種虎頭蛇尾的感覺。」林邵陽茫然的撓撓頭，「難道是因為之前有人進去過，裡頭的怪被清空了嗎？」

「也許？」元勳也是完全摸不著頭緒。

目前看來，也只有這樣的猜想比較有可能，畢竟這裡又不是遊戲世界，怪物被殺了以後又不會重新刷出，古墓裡頭空蕩蕩得很正常。

兩人帶著疑惑下了山，回到村莊時，時間也不過才剛過了中午，來到下午一點多的時刻。

雖然沒怎麼戰鬥，但他們也是活動了大半天，自然是飢腸轆轆。

兩人腳下一拐，走向了小吃攤。

05

「老闆娘，我要兩碗大碗的滷肉飯，加滷蛋！」林邵陽摸著餓扁的肚子，聲音響亮的點餐，「還要滷味拼盤、滷牛肉、燙青菜、白菜滷……」

「好好好……咦？你們去了後山古墓啦？」小吃攤老闆娘訝異的看著兩人。

「是啊！」林邵陽爽快的點頭。

「老闆娘，妳怎麼知道我們去了後山？」元勳狐疑地反問。

「你們的鞋子、褲管都是紅泥，這種紅色的土只有古墓裡面有。」老闆娘指著他們的褲管和鞋子說道。

「原來是這樣……」元勳表面裝作相信了，實際上他半點也不信。

老闆娘剛才跟他們對話的時候，眼神根本就沒有往下走。

不過他也沒有拆穿對方，姜婆和女鬼都說，雜貨店跟小吃店這對夫妻，是村子裡的情報通，只要跟他們打好關係，就能夠從他們這裡獲得各種幫助。

元勳心想，他們之前跟胖老闆和老闆娘相處的也算不錯，即使沒有增加好感度，也沒有做出什麼扣好感的行為，應該能從他們這裡獲得幫助。

飯菜很快就送上桌，兩人飛快的進食，林邵陽邊吃邊誇讚老闆娘的好手藝，元勳也會跟著附和兩句，把老闆娘逗得極為開心。

等他們吃的差不多時，胖老闆不請自來，笑吟吟地坐在他們旁邊。

「聽說你們去了古墓？那裡面有什麼啊？有什麼好東西嗎？」

「也沒什麼。」元勳拿出紙巾擦去嘴邊的油漬，「我們去的時候那裡已經被清過了，就遇到幾隻雙頭狗和喪屍，沒遇到什麼危險……」

「對啊！我跟勳哥本來以為裡面很危險，結果只是在裡面逛了一圈。」

儘管無功而返，林邵陽依舊笑得燦爛，並沒有被人捷足先登的怒氣。

胖老闆聽他們這麼說，瞬間眼睛一亮。

古墓是他設計的，他當然知道裡頭的怪物就算被清空了，之後依舊會刷新，不可能沒有怪物攻擊他們，唯一會出現這樣的情況，就只有「見到凌亂的書架會主動整理，拿了書籍卻沒有拿古董、珠寶」的愛書人！

只有做出上述兩者動作的人，才能夠安全的從古墓離開！

胖老闆有些許文青性格，就喜歡跟讀書人和會珍惜書籍的人結交，而他設計的古墓也添加了這一條對讀書人友好的設定。

「我聽說裡面有很多珠寶、古董什麼的，你們都沒拿嗎？」胖老闆試探的問。

「沒有，我們對那些東西不感興趣，就只拿了幾本書。」元勳從背包裡面拿出幾本書，遞給胖老闆看。

其實不是對那些珠寶、古董不感興趣，而是他們不認為那些東西可以帶離開這裡，就算可以，等到離開這裡的時候，這些意外之財還是要上交的。

「就只拿書？」胖老闆興奮的瞇眼笑著，嘴巴差點笑裂，「這書比那些珠寶、古董好嗎？」

「別人怎麼想我不知道，不過就我而言，我覺得這些書籍的內容很有趣。」

元勳意識到胖老闆對於書籍的看重，卻也沒有誇大言論，故意奉承對方。

「我勳哥可喜歡看書了！他家裡有一間大書房，收藏的書超過一千本……」林邵陽幫腔說道。

聽到元勳也是一個喜歡讀書的人，胖老闆開心的拍了一下大腿。

「讀書好啊！我就喜歡讀書人！我自己也很喜歡讀書！你們是好樣的！」

最讓胖老闆高興的是，當初他放入古墓的書籍，有一部分是他自己的作品，而這部分作品竟然有幾本被元勳選中！

雖然元勳並不知道他就是作者，但是這樣的喜歡才真實啊！

要是知道胖老闆是作者，誰知道他們這些考生會不會故意挑他寫的書呢？

考生們都狡猾狡猾的，不能不防！

就像是寄宿旅館的那幾個，老是想要從他這裡套話，卻又吝嗇的不肯買雜貨店的東西，就連他老婆開的小吃攤他們也不去吃！

什麼都不想付出就想要得到好處？

呸！想得美！

相較之下，還是面前這兩個好，看氣來順眼，人也老實，到這裡的第一天就到他老婆的小吃攤吃飯，誇他老婆的手藝好，還在他這裡買零嘴，說很喜歡雜貨店的零食，又誇他這家店很有古早味、復古風……

下了古墓，又很有眼光的捨棄那些粗俗的珠寶古董，挑了他寫的書！

瞧瞧！多好的兩個孩子啊！

胖老闆對林邵陽他們越看越滿意，臉上的笑容也越發熱烈。

「可惜我沒有女兒，不然一定把她嫁給你們！」

……謝謝，不用了。林邵陽和元動的笑容微僵。

沒女兒能嫁，胖老闆還有別招！

「來，這個給你們！」

胖老闆拿出兩顆鴿蛋大小、白玉雕成的玉寶蟬項鍊。

這個玉寶蟬項鍊就是古墓任務的完成獎勵。

胖老闆是古墓任務的監考官，考生在裡面的一舉一動都逃不過他的感知，考生從古墓出來後，胖老闆會根據他們在裡面的表現進行評分。

能收到胖老闆給得玉寶蟬項鍊的考生，在古墓這一關就能拿到滿分，要是沒能收到玉寶蟬項鍊，分數就會介於合格到優秀的成績。

林邵陽和元動不明白胖老闆為什麼這麼提議，但也能從對方擠眉弄眼的表情中感受到對方沒有惡意，便將項鍊收下了。

胖老闆確實沒有惡意，他只是想幫這兩個看順眼的考生多爭取一些分數，好讓他們在這場轉正考試中順利轉成正職。

「對了，斜對面的旅館又有空房間了，你們想住可以去住。」胖老闆希望他們可以多做一些任務，主動告訴他們情報。

「怎麼突然有房間空出來？之前那群人退租了？」元勳問道。

「之前那群人跑去後山，他們運氣不好，聽說遇不少怪物了！」胖老闆笑得有些幸災樂禍，「十個人進去，只有六個人出來，每個人身上都有傷，聽說其他人都被留在裡面了！」

「都死了？」林邵陽瞪大眼，「可是我們進去地窟的時候，沒見到屍體啊！」

「誰知道呢！說不定被吃掉了。」胖老闆不在意的回道。

這種轉正考試雖然有各種安全防禦措施，但也是有死亡額度的，不過地窟沒跑出來的那幾個是因為重傷被送出去外界醫治，不是真死了，只是這消息就不用告訴林邵陽他們了。

「大概是因為受傷的關係，那群房客退了不少房間，就只留下兩間雙人房，說是願意擠一擠。」胖老闆說出旅館房間空出的原因。

林邵陽理解的點頭，又回頭看向元勳，詢問他是否要去旅館住？

「不了，我們答應姜婆的事情還沒做。」

「是說念經祈福的事？」

「對，在離開村子之前，把該念的經文唸完吧！」

「好。」

元動已經猜出這是實習生轉正考核，他和林邵陽解決了白霧又去了地窟，分數應該已經足夠，之後只需要做一些小任務就行了，沒必要去跟人搶任務。

尤其這個任務秦朝他們已經做了一半，他們要是趁著對方受傷去搶任務，難免給人留下「不道義」的觀感，他們又不缺分數，何必去倘這個渾水？

「最近聽說村口那邊出事了，你們要是沒事，可別靠近那裡。」雜貨店老闆娘突然插嘴說道。她看出元動的想法，對元動的決定也是認同的。

既然胖老闆看好這兩個小子，而她對他們的觀感也不錯，自然就願意幫他們一把，給他們一些小任務的資訊。

當然，她也不可能說得太過明顯，只能隱晦提示。

「發生什麼事了嗎？」元動會意地接口問道。

「村口那裡種著一棵老槐樹，聽說已經有好幾百年的歷史了，槐樹你們知道吧？陰氣重，容易招鬼，聽說最近幾日的夜裡，槐樹那邊都會聽到怪異的響聲……」

「好，我們會小心的。」

在胖老闆和老闆娘的指點中，林邵陽和元動接連找到好幾個線索，完成了幾個小任務。

自覺他們完成的任務量已經足夠，加上其他「同事」對他們頗為防備——林邵陽以為對方是擔心自己完成的工作太少，業績不漂亮，實際上是其他知情的考生擔心他們搶了太多分數——兩人便決定離開村莊，不去跟其他人搶「業績」。

離開之前，他們也完成了對姜婆和女鬼的承諾，念經祈福迴向給她們，希望減輕她們身上的業障。

待在村子裡的時間，林邵陽和元勳抽空便念誦經文迴向給女鬼他們，被封印的白霧鬼群也有，讓姜婆等鬼相當感激。

「回去後，我會去問像妳們這樣的情況該怎麼申請打工補助，妳們不用擔心，妳丈夫他們我也會問問前輩，看要怎麼樣才能安全的將他們分開……」離開時，林邵陽如此對姜婆她們保證道。

姜婆和女鬼自然又是一陣感激。

這麼貼心的孩子，能不給他滿分嗎！

給！一定要給啊！

因著姜婆她們和胖老闆夫妻的好評，林邵陽和元勳分別以第一名和第二名的成績通過轉正考試。

回到公司後，被白晴、錢蒼他們一陣誇獎，說他們給部門爭了臉面，上面的大佬們都很高興。

林邵陽和元勳也很高興，因為成為正職陰差以後，林邵陽就不用擔心壽命問題了！

「實習生做得都是簡單任務，成為正職以後，你們的任務不再像以前那樣小打小鬧，遇見的都是厲鬼，會有生命危險，千萬不要大意。」白晴嚴肅的叮囑道。

「是！」

「現在有個案子，一隻被供奉的狐狸精投訴她的主人入魔了，你們去看看。」

白晴將案件交給他們。

「咦？這個叫卡蜜拉的人挺眼熟的……」林邵陽看著檔案上的女孩照片，納悶的說道。

「之前參加王家陽宅的網路直播，她是其中一個來賓。」元勳的記性好，很快就認出目標身分。

「喔！對了！那裡的鬼說她身上有狐仙的氣息……」林邵陽後知後覺地想起這個人。

「走吧！去工作了！」

「好！」

【完】

後記

繼自己獨立出版的《速速來迎！》之後，今年又嘗試了靈異方面的寫作。說也有趣，身邊的親友總覺得我適合寫這方面的故事，多次催促我挖坑，但我自己卻覺得這種類型是我不擅長的。

而且隨著年紀漸長，膽子越來越小，以前還能一邊吃飯、一邊看血腥的《犯罪心理》看得津津有味，現在卻是連一點傷口都看不了，光是看畫面就覺得疼！以前還會看《七夜怪談》、《貞子》等靈異恐怖片，現在也是完全不看了，聽見尖叫聲就想躲……

在這種情況下寫靈異故事，自然不會朝著恐怖的方向去寫。

而且我也覺得，靈異故事也可以很日常、很生活化。

在這樣的心態中，《陰差實習生》誕生了。

這是一本活人陰差的故事，也是一本描述陰差工作日常的故事。書裡沒有純然恐怖的存在，鬼魂也有七情六慾，邪魔則是貪嗔癡念，活人和靈魂只是存於不同次元。

很感謝「秀威」能給我這個機會，出版這樣的一本「不恐怖的靈異故事實驗品」，希望大家也會喜歡這種類型的靈異故事啦！

要是看完書後有心得或感想想說，歡迎來我的粉絲團留言喔！

粉絲團：貓邏的幻想國

網址：https://www.facebook.com/MaoLuo.1016

釀冒險54　PG2697

陰差實習生

作　　者　貓　邏
責任編輯　喬齊安
圖文排版　阮郁甯
封面設計　王嵩賀

出版策劃　釀出版
製作發行　秀威資訊科技股份有限公司
114 台北市內湖區瑞光路76巷65號1樓
電話：+886-2-2796-3638　傳真：+886-2-2796-1377
服務信箱：service@showwe.com.tw
http://www.showwe.com.tw
郵政劃撥　19563868　戶名：秀威資訊科技股份有限公司
展售門市　國家書店【松江門市】
104 台北市中山區松江路209號1樓
電話：+886-2-2518-0207　傳真：+886-2-2518-0778
網路訂購　秀威網路書店：https://store.showwe.tw
國家網路書店：https://www.govbooks.com.tw
法律顧問　毛國樑　律師
總 經 銷　聯合發行股份有限公司
231新北市新店區寶橋路235巷6弄6號4F
電話：+886-2-2917-8022　傳真：+886-2-2915-6275

出版日期　2021年12月　BOD一版
定　　價　280元

讀者回函卡

Printed in Taiwan

國家圖書館出版品預行編目

陰差實習生 / 貓邏著. -- 一版. -- 臺北市 :
釀出版, 2021.12
面 ;　公分. -- (釀冒險 ; 54)
BOD版
ISBN 978-986-445-566-9(平裝)

863.57　　　　110018955